国家级一流本科课程"体育概论"课程建设成果
河南省教师教育课程改革研究项目（项目编号：2025-JSJYZD-004）

基于师范类专业认证的"体育概论"课程实施过程性评价模式研究

徐 伟 苏文杰◎著

人民体育出版社

图书在版编目（CIP）数据

基于师范类专业认证的"体育概论"课程实施过程性评价模式研究 / 徐伟, 苏文杰著. -- 北京：人民体育出版社, 2025. -- ISBN 978-7-5009-6520-6

Ⅰ. G807.4

中国国家版本馆CIP数据核字第2024EL6518号

基于师范类专业认证的"体育概论"课程实施过程性评价模式研究

徐 伟 苏文杰 著

出版发行：人民体育出版社
印　　装：北京中献拓方科技发展有限公司

开　本：710×1000　16开本　印　张：10.5　字　数：196千字
版　次：2025年3月第1版　　印　次：2025年3月第1次印刷
书　号：ISBN 978-7-5009-6520-6
定　价：56.00元

版权所有·侵权必究
购买本社图书，如遇有缺损页可与发行与市场营销部联系
联系电话：（010）67151482
社　　址：北京市东城区体育馆路8号（100061）
网　　址：https://books.sports.cn/

前　言

师范类专业认证是高等师范教育质量保证的重要途径,旨在证明高校师范类专业在当前及可预见的未来能够达到既定的人才培养质量标准。教育部于 2014 年开始发布关于开展师范类专业认证的相关文件,师范类专业认证现已成为我国高等院校师范类专业建设的重要导向。师范类专业认证的中心思想是推进专业内涵式建设,变革人才培养体制机制,聚焦学生的专业核心素养,建立基于产出的质量保障机制,不断提高人才培养质量;其考查的重点是专业培养目标能否达成培养效果,专业定位是否适应社会需求,课程资源能否支撑人才培养,质量保障能否有效运行。其中,课程与教学是专业人才培养的资源依托和方法路径,是师范类专业认证的基础环节之一。课程是专业建设的核心要素;教学评价是课程实施过程和实施效果的检验,是课程改革发展的内驱力。课程教学评价是指运用科学方法,对课程的实施过程和成果进行信息收集与分析,并做出价值判断的过程。课程教学评价既能反映课程目标的达成度,也能反映学生的学习效果,对课程设置、教学实施和毕业达成进行有效的监控。

当前体育教育专业的课程教学评价大都存在主体单一、方法简单和过程随意等现象,并且总结性评价占据主要地位,对形成性评价和诊断性评价不够重视。普通高等学校需要严格对照毕业要求指标点定期开展课程教学评价,通过课程教学评价来直观呈现专业人才培养产出的质量,进而证明毕业要求的达成情况。本研究以师范类专业认证理念、标准及其要求作为理论基础,采用文献资料法、行动研究法、案例分析法与专家访谈法,构建"体育概论"课程教学过程性评价模式。该模式即以学生学习过程中能够反映基于师范类专业认证背景下的体育教育专业毕业要求的行为表现为观测点,研制过程性评价标准,并将传统档案袋评价法与 UClass 智慧教学相结合,运用"积分制"管理办法,采集学生线上线下学习数据,为学生知识学习、能力发展和价值塑造提供客观公正的效果反馈及个性化的反馈报告。具体贡献如下。

（1）构建过程性评价模式,有效呈现一门课程对体育教育专业人才培养产出质量的贡献,进而证明毕业要求的达成情况,为基于师范类专业认证的课程学业质量考评改革提供范式。

（2）客观采集学生学习过程中的行为表现数据。一方面,为学生课前、课中、课后全过程学习行为表现留下记录和痕迹,有效地实现了即时评价、即时反馈和即时调整，确保学生学习过程可控、学习结果可见；另一方面，辅助教师实现了课堂教学的数字化、科学化，教学管理的高效化、精准化，有效率、有效果地提升了课堂教学质量。

（3）创建过程性评价反馈模型。基于学生学习过程中的行为表现数据，分析学生行为表现观测指标之间的因果关系、相关关系，构建模型，从而帮助学生评析自己在完成课程学习过程中存在的优势与不足。

基于师范类专业认证的"体育概论"课程实施过程性评价模式经过5轮的行动研究，虽然得到不断优化，但仍然存在诸多不足，敬请读者批评指正。教改之路，道阻且长，但行则将至。未来我们将继续扎根于实施过程性评价的痛点、难点、盲点、堵点和疑点问题，整合教育教学资源，搭建过程性评价教研共同体，进一步凝练理论研究成果，扩大成果的使用范畴，以高质量教研成果服务一流本科课程"双万计划"的落地。

目 录

第一章 绪论 ... 1

一、选题依据 ... 2
(一) 专业认证面临新难题 ... 2
(二) 评价方式改革新趋势 ... 2
(三) 评价数据来源科学化 ... 3

二、研究目的与意义 ... 3
(一) 研究目的 ... 3
(二) 研究意义 ... 4

三、文献综述 ... 4
(一) 相关概念解读 ... 4
(二) 研究动态分析 ... 8
(三) 文献综述评点 ... 24

四、研究对象与方法 ... 26
(一) 研究对象 ... 26
(二) 研究方法 ... 26

第二章 "体育概论"课程实施过程性评价的定位分析 ... 31

一、突出学生主体 ... 31
(一) 关注学生需求的新教学模式 ... 31
(二) 关注行为表现的过程性评价 ... 32

二、实现产出导向 ... 33
(一) 产出导向下的教学特征分析 ... 33
(二) 专业认证中的预期成果产出 ... 35

三、做到持续改进 ... 39
(一) 专业认证下的持续改进要求 ... 39
(二) 课程实施中的持续改进策略 ... 39

四、考核客观公正 ... 40
(一) 关注个性化发展的评价标准 ... 40

（二）基于可视化证据的评价理念……41

第三章　"体育概论"课程实施过程性评价的标准研制……42

　一、专业认证与"体育概论"课程教学目标修订……42
　二、产出导向与"体育概论"课程学习活动设计……44
　　（一）教学活动的目标定位……44
　　（二）学习理解活动的创设……46
　　（三）应用实践活动的创设……47
　　（四）迁移创新活动的创设……48
　　（五）预期成果产出及内容……49
　三、持续改进与学生学习过程行为表现评价标准……52
　　（一）教学活动观测点及评价标准……52
　　（二）非标准化答案考试评价标准……54

第四章　"体育概论"课程实施过程性评价的数据采集……56

　一、过程性评价"积分制"管理办法……56
　二、学生线上学习行为表现数据采集……58
　三、学生线下学习行为表现数据采集……59

第五章　"体育概论"课程学生学习效果的个性化反馈……60

　一、学生综合素养评价反馈方式……60
　　（一）指标权重……60
　　（二）分数判断……60
　　（三）区域划分……61
　　（四）相应评语……61
　二、学生知识学习效果反馈方式……63
　　（一）指标权重……63
　　（二）分数判断……64
　　（三）区域划分……65
　　（四）相应评语……65
　三、学生能力发展效果反馈方式……68
　　（一）指标权重……68
　　（二）分数判断……69
　　（三）区域划分……69

（四）相应评语 ··· 70

四、学生价值塑造效果反馈方式 ··· 72
　　（一）指标权重 ··· 72
　　（二）分数判断 ··· 73
　　（三）区域划分 ··· 74
　　（四）相应评语 ··· 74

第六章　"体育概论"课程实施过程性评价的行动研究 ··················· 77

一、第一轮行动研究实施 ··· 77
　　（一）行动研究实施概况 ··· 77
　　（二）评价标准效果分析 ··· 77
　　（三）教学活动效果分析 ··· 78
　　（四）反馈方式效果分析 ··· 79

二、第一轮行动研究反思 ··· 90
　　（一）第一轮行动研究的成效 ··· 90
　　（二）第一轮行动研究的不足 ··· 90

三、第二轮行动研究改进 ··· 91
　　（一）问题的重新确认 ··· 91
　　（二）教学活动的改进 ··· 92
　　（三）评价标准的改进 ··· 94
　　（四）反馈方式的改进 ··· 96

四、第二轮行动研究实施 ··· 99
　　（一）行动研究实施概况 ··· 99
　　（二）评价标准效果分析 ··· 99
　　（三）教学活动效果分析 ··· 100
　　（四）反馈方式效果分析 ··· 101

五、第二轮行动研究反思 ··· 111
　　（一）第二轮行动研究的成效 ··· 112
　　（二）第二轮行动研究的不足 ··· 112

参考文献 ··· 113

附录 ··· 120
　附录一　第一轮行动研究过程性评价成绩记录档案袋 ························· 120

附录二　第一轮行动研究课堂观察记录表……………………………………123
附录三　第一轮结构化访谈意见………………………………………………136
附录四　第二轮行动研究过程性评价成绩记录档案袋………………………141
附录五　第二轮行动研究课堂观察记录表……………………………………144
附录六　第二轮结构化访谈意见………………………………………………155

第一章 绪 论

近年来，我国教师教育改革工作已取得高效进展。教师教育改革作为发展教育事业的工作母机、构建现代教育强国的必然需要及中华民族伟大复兴的重要任务，得到了国家的高度重视。2017 年，教育部印发《普通高等学校师范类专业认证实施办法（暂行）》（以下简称《办法》）。自此，我国的教师教育改革工作正式吹响了号角。此外，中共中央、国务院于 2018 年颁布《中共中央 国务院关于全面深化新时代教师队伍建设改革的意见》，强调"开展师范类专业认证，确保教师培养质量"，其目的在于推动教师队伍建设的全面深入，实现教育质量的持续改善[1]。可见，师范类专业认证不仅在教师教育改革工作中占据重要地位，也是促进教师教育改革和实现高质量发展的关键手段。

体育教育作为师范类专业的重要组成部分，担负着培养我国优秀体育教师后备人才的重大责任。随着师范类专业认证的推出，体育教育专业的课程目标定位、课程评价方法等内容都需要进行相应的改进。从《办法》的基本理念来看，"学生中心、产出导向、持续改进"要求以师范生为中心配置教育资源、组织课程和实施教学；以师范生的核心能力素质要求作为评价标准，进行全方位、全过程的师范类专业课程目标达成度评价，并将评价结果应用于教学改进。但当前我国体育教育专业的课程评价内容仍然以基础理论知识或运动技能为主，评价方法也较为单一。教师作为评价主体，过度关注学生学习结果、忽视学生学习过程变化的问题屡见不鲜，这一现象与师范类专业认证的评价需求不相适应。因此，在师范类专业认证大力发展的背景下，如何评价体育教育专业的课程目标达成度与毕业要求的达成情况，已成为体育教育专业课程亟待解决的难题之一。

---

[1] 教育部. 教育部等五部门关于印发《教师教育振兴行动计划（2018—2022 年）》的通知[EB/OL].（2018-02-11）[2018-03-22]. http://www.moe.gov.cn/srcsite/A10/s7034/201803/t20180323_331063.html.

一、选题依据

（一）专业认证面临新难题

随着我国教师教育开放化办学格局的形成，教师资源储备量逐渐扩大，教师教育体系也愈加灵活，诸如高等师范类院校办学质量参差不齐、师范类专业学科发展边缘化等问题也随之而来。为保证我国的高等师范教育质量，教育部于 2017 年颁布《办法》。从师范类专业认证的内容来看，专业认证标准是课程目标达成度的决定因素之一，向上支撑着培养目标的预期达成，向下则决定了课程体系。其中，"产出导向"要求对学生的学习过程进行定期评价和监测，并依据评价结果进行持续改进。因此，学生通过课程学习后获得的综合能力素质是衡量一门课程目标达成度的核心内容。由此可见，专业认证背景下的课程建设应注重评价方式的改革。展现出学生在不同阶段的学习过程与学习成果，以此判断一门课程的目标达成度。课程目标的达成只有同时具备可测量、可证实、可改进的特点，才能保证毕业要求达成度评价的合理性。教师需要在监测学生学习过程变化的同时，对学生的学业质量达成度进行即时反馈。以此为目标，不断对课程评价方法进行探索、改进。

（二）评价方式改革新趋势

当前，我国的教育行业正朝向数字化转型发展。传统的终结性评价已逐渐无法满足数字化时代下学生学业质量评价的需求。目前已有研究表明，终结性评价具有内容单一、数据来源缺乏科学性、评价结果缺乏动态性，以及不具备持续性、终身性评价特征等缺点。针对以上问题，部分学者和教师认为，未来高校课堂教学将朝着"以学生为中心"的方向演化，评价主体也将逐渐转移至学生。这一变化促使教师由传统的静态评价向动态评价转变，即更加关注学生本身，将学生的学习结果与学习过程相结合。因此，评价方式也需要同时关注学习过程与学习结果，以便及时给予学生学习反馈，使学生具备自行判断学习效果的能力。

目前已有学者的研究涉及过程性评价、发展性评价与形成性评价等多种评价方法。其中，过程性评价能够在关注学生学习过程的同时给予学生学习效果反馈，对于评价者与被评价者都具有一定的积极效果。从中国知网近年的相关研究趋势看，自 2014 年开始，以"过程性评价"作为关键词的文献发布量已连续 6 年高于

700 篇，其中 2020 年的文献发布量则超过 1000 篇。大量的研究文献已经对过程性评价的优势做出了清晰表述，即改变终结性评价只看分数的评价方法，将评价的目的从让学生"掌握知识"转变为让学生"学会学习"。以"终结性评价"为关键词的文献自 2015 年便开始大幅减少，最高发文量年份（2015 年）仅有 308 篇。由此可见，过程性评价的效果已获得学界的广泛认可，已有大量一线教师采用过程性评价作为课程的主要评价方法，并对评价内容、评价标准、评价效果等方面展开相关研究。

（三）评价数据来源科学化

为促进评价的科学化，打破终结性评价的"经验主义"，进一步实现评价的"数据主义"，一直以来众多教师与学者都在寻找能够精准采集学生学习过程中行为表现数据的方法。随着《教育信息化"十三五"规划》《中国教育现代化 2035》《加快推进教育现代化实施方案（2018—2022 年）》等一系列政策文件的印发，智慧教学的出现为评价数据来源的采集提供了新的思路。

在众多政策的支持与智慧教学工具的推广下，部分学者尝试利用智慧教学工具采集学生不同阶段的学习数据：课前为学生提供线上学习资料，观测学生自主学习数据，使线上线下教学设计紧密结合，助力学生达成低阶学习目标；课中为学生设置教学活动，观测学生活动参与数据，通过互动鼓励学生主动学习，积极参与教学过程，为学生迈向高阶学习目标提供机会；课后为学生布置线上作业及测验，帮助学生内化知识，巩固学习成果，帮助教师进行学情数据分析，指导教师进行后续教学改进。现代智慧教学工具的出现打破了空间与时间的限制，帮助教师在教学过程中实现"一站式教学全过程管理"，以数据驱动教学，促进学生学习过程、教师教学过程的持续改进，有利于进一步落实教育现代化发展相关政策，实现评价数据来源的科学化与透明化。

二、研究目的与意义

（一）研究目的

构建基于师范类专业认证的"体育概论"课程实施过程性评价模式，即准确定位一门课程实施过程性评价的指导思想，科学研制一门课程的目标达成度评价标准，系统构建一门课程全过程评价与效果反馈方式。

（二）研究意义

构建过程性评价模式，有效呈现一门课程的目标达成度及分析报告，希冀为基于师范类专业认证的课程学业质量评价改革提供新评价模式，具体包括以下内容。

（1）明确过程性评价理念，改变过去"一张试卷定成绩"的现象。给予学生即时评价、即时反馈，帮助学生进行即时的自我改进，帮助教师进行即时的教学调整。

（2）研制过程性评价标准，打破结构式评价主体单一、内容不全面的局面。实现知识、能力与价值相结合的多维度评价内容，自评、他评与教师评价相结合的多元性评价主体，以及线上与线下、定性与定量、绝对与相对相结合的多元性评价方法。

（3）探索个性化反馈方式，采集学生学习过程中的行为表现数据，为学生自我改进提供即时反馈依据。通过总结学生的学习过程，并形成学习报告，进一步帮助学生进行自我认知、自我定位，为日后的专业课程学习提供帮助。

三、文献综述

（一）相关概念解读

1. 专业认证

本研究所采用的认证主要限定其应用范围在高等教育领域。长久以来，高校一直扮演着法律、工程、医学等传统专门职业重要守门人的角色，对入学者及毕业生的质量进行评估，以确保其达到专门职业入门所要求的最低标准。然而，在较长的一段时间里，高等教育的发展历程被称为"无认证时期"，因为在这一时期几乎没有针对高等教育的标准、分类、排名等事宜的活动。1867年，美国联邦教育厅（曾先后改称联邦教育局、联邦教育办公室）成立并开始发挥其统计和报告功能，于1870年发布符合自身独立准则、指标的美国学院名录。该做法与现有地区性的院校认证机构发布通过认证的院校名单的行为相似，虽然已经具备很多现代认证制度的要素，但从严格意义上来讲，仍与现代认证制度有所区别。直至19世纪中后叶，美国高等教育获得前所未有的发展，各种类型与不同层次的高等院校陆续建立，办学质量良莠不齐。在这种时代环境下，究竟达到什么样的标准才可以被称作"学院"，成为人们争议的话题。为避免缺乏统一管理而产生的教育混乱状态，提高高等院校的教育质量，地区性的中高等教育协会陆续成立，由规范高等教育入学标准及协调中高等教育之间的关系入手，院校认证制度逐步确立。因此，本研究所使用的"认证"为"高等教育认证"的简称，其含义为"表述一个外部组织在确认高等院校或其专业点已经达到了预定的标准之后发布的正式或公开声明，是一种质量保证的程序"。

专业认证源于认证，又称专门职业性专业认证，是由专业认证机构对高等教育机构开设的职业性专业教育实施的专门性认证。相较于院校而言，认证是为了证明整所学校的教育质量，而专业认证主要关注那些被公认为为特定专业或职业培养人才的教育计划的质量，是承认部分院校所开设的专业符合预先制定的合格标准质量的保证过程。通过对高等教育领域相关专业培养质量的外部审查，帮助专业进行自我调整和改善，以此提升专业建设水平，保证专业教育质量。其内涵是"成果导向"，强调教学设计和教学实施的目标就是确保学生通过教育过程最终获得预期的成果。因此，专业培养目标的主要方面应该包括适应性与可测量性、课程体系对培养目标的支撑度、培养过程对学生获得学习成果的保障度，以及整个人才培养计划的持续改进。

师范类专业认证源于专业认证，部分发达国家的师范类专业认证起步较早，不同学位都有相应的培养专业要求。我国的师范类专业认证则是在师范生培养数量供大于求、师范类专业培养质量参差不齐的背景下提出的。2014年，教育部率先在江苏和广西开展师范类专业认证试点。经过两年多的探索，最终于2017年颁布《办法》，正式宣布在全国范围进行师范类专业认证。以上举措皆表明师范类专业认证是完善我国教师教育质量保障体系、提高教师教育质量的战略举措，对于全面深化高校教师教育综合改革具有重要意义。

2. 过程性评价

过程性评价是众多评价方式中的一种。英国学者贝弗利·贝尔（Beverley Belle）与布朗温·考伊（Bronwen Cowie）曾在20世纪末期提出过程性评价的定义，即在学习过程中，教师和学生为提高学习效率、获取和反馈学生学习情况而进行的评价过程。同时，将其分为预设式过程性评价和交互式过程性评价两类。

我国在《教育学名词》第一版中首次将过程性评价收录为教育学名词，并将其定义为"以注重评价对象发展过程中的变化为主要特征的价值判断"。在此之前，虽然国内已有众多学者对过程性评价展开研究，但由于关注的视角不同，国内学者对过程性评价的理解也并不相同。部分学者的概念解读如表 1-1 所示。

表 1-1　不同学者对于过程性评价的概念解读

学者	概念解读
彭广森和崇敬红	过程性评价便是对学生学习过程中的情感、态度、价值观做出评价[1]
高凌飚	过程性评价是一种在课程实施的过程中对学生的学习进行评价的方式[2]
谢同祥和李艺	过程性评价是在学习过程中完成的、建构学习者学习活动价值的过程的评价方式[3]

从表 1-1 中的内容来看，过程性评价是以学生学习过程中的行为表现为观测点来评定学生学业质量的一种评价方式。部分研究采用了与之相近的表述方式，如表现性评价、形成性评价和发展性评价等。为避免不同评价方法间的混淆使用，本研究对不同评价方法的关系重新进行了梳理，用于对照过程性评价与相近评价方法之间的区别。评价方法关系对照表如表 1-2 所示。

表 1-2　评价方法关系对照表

评价方法	过程性评价	表现性评价	形成性评价	发展性评价
基本概念	对学生学习过程中的学习行为进行定性与定量评价相结合的综合评价方式	通过实践作业检验学生的综合知识，以及运用知识论证或解决问题能力的评价方式	根据学生学习过程中的表现判断教学效果，从而调整教学计划的评价方式	通过系统搜集、分析评价信息，尊重学生的个体差异性，在平等协商的条件下所提出的、面向未来、面向发展的评价方式
价值取向	目标与过程并重	目标取向	目标取向	目标取向
评价功能	反馈学生的学习效果，使学生学会评价	检测学生对于知识的理解与应用能力	诊断学生的学习效果，为教师提供教学反馈信息	诊断学生的学习效果，为学生的目标发展提供引导

---

[1] 彭广森，崇敬红. 中小学生学业成绩评价改革初探[J]. 教育实践与研究，2003（11）：17-18.
[2] 高凌飚. 过程性评价的理念和功能[J]. 华南师范大学学报（社会科学版），2004（6）：102-106.
[3] 谢同祥，李艺. 过程性评价：关于学习过程价值的建构过程[J]. 电化教育研究，2009（6）：17-20.

续表

评价方法	过程性评价	表现性评价	形成性评价	发展性评价
评价内容	学习动机、学习态度、学习行为、学习效果	知识灵活运用能力	知识与技能的掌握程度	学生在学习过程中的发展变化
评价方式	质性评价、量化评价	质性评价、量化评价	量化评价	质性评价、量化评价
评价主体	教师与学生	教师	教师	教师与学生

依据表 1-2 的内容，表现性评价与形成性评价在进行评价活动前已经为学生制定了准确的评价目标与固定的行为表现关注内容，但忽视了目标以外的发展部分。发展性评价虽然密切关注学生的发展变化，但其目的在于利用评价引导学生向固定的目标发展，本质上仍然是目标取向的评价方法。相比之下，过程性评价同时关注学生的发展目标与发展过程，在保持更加全面的评价内容前提下，进一步扩大了评价方法的适用范围。

3. 模式

模式由模型演变而来，最早用于对实物形态的描述，本义是用实物做模的方法，后又引申出模型、规范，模范、楷式，模仿、效法 3 种含义。随着人类认识活动的不断深化，模型也逐渐从物质领域延伸至观念形态领域，从泛指按比例、形态或其他特征用实物材料仿制的相似物体或样本，到人们利用类比、模仿或假设等手段而建立起来的用非实物的思维符号所表示的事物内部组成要素、结构及其运行机制的假想性图像或示意图。在理论研究中，模型就是通过对问题的分析，把握其核心机制，吸收一切主要因素并略去一切非主要因素所构建出的一种理论框架或图像。

模式包含了模型的含义，在此基础上进行推演，模式就是可以作为范本、模本、变本的样式，也就是说，模式可以被理解为某种事物的标准形式或具备模仿价值的标准样式。由此可见，模式具有一定的简单化特征，是再现现实的一种理论性的简化形式，同时也是现实的抽象化，既源于现实又超越现实。虽然模式相比现实要更为简单化，但通过模式构建，既能清楚地展现出模式的典型方面，又能展现出单一模式在理解现实时的局限性。除此之外，模式还具有本质化的特征，是现实世界的简单代表。在建模时，需要把握原型的本质特征及规律，突出事物的本质特点，忽略复杂要素，以便于把握复杂的现实世界。模式的最后一个特征是过渡性。它作为理论实践化和实践理论化的桥梁，是理论走向实践的必然过渡。对于理论研究来说，模式研究是解释实践、认识实践；而对于实践来说，模式研究是理论回归与概念提升。因此，无论在何种研究中，模式研究都是不可替代的单独存在。由此可见，模式大多表现为一种结构，一种用来阐述一组互相间有某种关系的现象而使用的形式化的结构，是"观念转化为现实"的中间结构，是带有创造性和超前性的一种思维，也是主观认识和客观现实的统一。

本研究中所采用的评价模式是指教师在课堂中对学生呈现出来的学习行为与学业成就进行评价的一套操作程序，通常也被称为课堂评价模式。

（二）研究动态分析

1. 师范类专业认证的相关研究动态分析

（1）师范类专业认证政策研究。自2017年教育部颁布《办法》后，不少学者便以师范类专业认证的政策为切入点展开相关研究。其中，部分学者将关注点聚焦于师范类专业认证对我国高等教育的发展促进作用，提出"高等教育的突破口便是师范类专业认证"[1]这一观点；也有部分学者通过分析师范类专业认证的特点，观察专业认证在实施过程中的功能定位、标准制定、范围界定、内容衔接、结果运用等角度下的问题现状[2]，面对不同角度下的实施困境，提出"调整培养目标、改革课程教学、优化师资结构、完善保障体系"[3]等教师教育改革措施，进一步帮助师范类专业认证破解实施困境；除此之外，还有部分学者在课程实施过程中融入了师范类专业认证的思想，通过实践证明师范类专业认证有利于评价教师的实践能力、进一步细化教师的考核标准，对体育等强调实践能力的师范类专业发展能够起到较为明显的推进作用[4]。

从国外研究来看，部分发达国家的师范类专业认证起步较早，如美国在专业认证方面的实施已经多达百年。美国教师培养认证委员会（Council for Accreditation of Educator Preparation，CAEP）的认证范围较为宽泛，从学士到博士都有相应的教

---

[1] 王定华. 我国高校师范类专业认证的缘起与方略[J]. 中国高等教育，2019（18）：20-22.
[2] 张松祥. 我国师范专业认证需要关注的若干问题及其对策研究[J]. 教育发展研究，2017，37（Z2）：38-44.
[3] 胡万山. 师范类专业认证背景下教师教育改革的意义与路径[J]. 黑龙江高教研究，2018，36（7）：25-28.
[4] 何毅，董国永，凌晨，等. 专业认证背景下我国体育教师资格认证的优势、问题及策略[J]. 体育学刊，2019，26（6）：113-118.

育培养专业认证，不仅关注最终的绩效结果，还要求认证过程有迹可循；加拿大与美国相似，要求学校提供能够反映学生在实践能力、道德观念和专业发展方面的客观证明与支撑材料；澳大利亚的评估方式包括国家、州、大学质量保障署（Australian Universities Quality Agency，AUQA）3种，其中，最为明显的特点也是突出绩效评价[①]；英国则通过教育标准局检查与评估报告两种方式，保障教师教育质量的发展[②]。

从已有研究结果来看，目前我国的师范类专业认证仍处于起步阶段，大部分学者的研究中心都聚焦在效果与问题对策中。部分起步较早的国家目前已将师范类专业认证作为评估高校专业培养人才质量的重要方法。依据其经验可知，师范类专业认证主要关注学生的发展过程而非结果，评价结果需要相应的材料支撑，与过程性评价的特征相似，其目的在于持续改进高校的人才培养质量。

（2）师范类专业认证改革动态研究。除了对已有政策的内容及实施效果进行研究，我国学者还以促进师范类专业人才培养质量发展为目的，以师范类专业认证相关文件为理论依据，进行了师范类专业课程的改革研究。师范类专业认证背景下的课程不应局限于基础理论知识教学，应同时推动学术性与师范性双重发展[③]，以学生为中心重新构建具有较强实践性质的教师教育课程体系[④]，增加学生的实践机会。也有部分学者根据学科专业的特征进行相关课程改革的研究。例如，在教师教育高质量、高内涵发展理念的推动下，探索体育教育专业课程的思政教学设计与师范类专业认证相结合的思路[⑤]；在我国体育教育专业人才培养具有"学术性""竞技化"倾向的背景下，通过增加教师教育类课程的比重，促使中小学体育教师能够达成"一专多能"的目标，解决对口专业错置的问题[⑥]。

从已有的研究结果来看，目前众多学者在结合政策文件与实践经验的过程中发现课程改革所面临的关键问题所在，并尝试提出相应的解决措施。但具体的课程改革案例占比较少，其建议仍然需要广大一线教师在教学实践中进行验证。

---

① 王阳阳. 澳大利亚教师教育专业认证研究[D]. 长春：东北师范大学，2017.
② 李明丽. 英国职前教师教育专业认证研究[D]. 长春：东北师范大学，2018.
③ 张怡红，刘国艳. 专业认证视阈下的高校师范专业建设[J]. 高教探索，2018，(8)：25-29.
④ 刘河燕. 基于师范类专业认证的教师教育课程内容改革研究[J]. 现代大学教育，2019（4）：24-29，112.
⑤ 董翠香，韩改玲，朱春山，等. 师范类专业认证背景下体育教育专业课程思政教学实践探索[J]. 天津体育学院学报，2022，37（1）：32-37.
⑥ 丁文，梁枢. 师范专业认证背景下体育教育专业改革研究[J]. 体育与科学，2022，43（3）：39-43，49.

（3）师范类专业认证评价研究。目前我国有关师范类专业认证的研究中，针对专业认证效果评价的研究较少，主要集中在教师评价、课程评价构建、课程目标达成度评价3个方面。

教师评价方面，以构建评价指标体系的研究为主，常见的研究内容为师范类专业认证背景下的教师教育能力评价指标体系构建[①]；也有部分学者尝试从毕业生就业角度入手，构建能够反映专业人才培养质量的就业质量评价体系[②]。

课程评价构建方面，现有研究以师范类专业认证要求为主，充分发挥评价的多样性，评价内容通常包括课程内容资源、课程结构设置、课程组织实施和学生学习效果4个方面[③]。除此之外，部分具有实践效果检验的课程同样采取过程与结果相结合的评价方法，并依据循证评价理念重新构建了与教育实习相关的评价标准[④]。

课程目标达成度方面，有学者提出：应基于目标适切性的观点，通过检验"内外部一致性"对专业人才培养目标体系进行评价与改进[⑤]。也有学者通过评价的反馈作用进行教学过程的内部调整，采用评价与教学相结合、评价与改进相结合、量化与质性相结合，构建了课程目标达成度的"两评三定"体系[⑥]。由此可见，不同学者在课程目标达成度方面有着不同的见解，目前暂未出现较为统一的观点。

从已有研究结果来看，大部分学者的研究重点都在如何评价师范类专业认证背景下的专业发展情况与课程目标设置的达成性上，缺乏具体课程对专业人才培养质量的评价研究。同时，已有研究的内容以理论构建为主，实践探索类的研究内容较少。但这些研究都明确指出，师范类专业认证背景下的评价指标体系构建应体现出评价的过程性，且能够应用评价结果促进专业发展的持续改进。

---

① 查春艳. 基于师范类专业认证的体育骨干教师评价指标体系构建与应用研究[D]. 上海：华东师范大学，2022.
② 薛晨旭. 师范类专业认证下体育教育专业就业质量评价体系研究[D]. 银川：宁夏大学，2021.
③ 鞠秀奎，李成梁. 基于师范类专业认证的体育教育专业课程评价指标体系构建[J]. 沈阳体育学院学报，2020，39（5）：49-57.
④ 于开莲，宋鹏雁，张慧，等. 循证师范专业认证视域下学前教育专业本科教育实习评价标准构建研究[J]. 教师教育研究，2022，34（1）：40-48，56.
⑤ 陈辉映. 师范类专业认证背景下体育教育专业人才培养目标体系研究——基于"目的适切性"质量观的视角[J]. 体育学研究，2022，36（4）：66-74.
⑥ 向福，王锋，项俊. 师范类专业认证背景下课程目标达成度评价及持续改进策略[J]. 中国大学教学，2021（7）：74-79.

2. 教学评价发展趋势相关研究动态分析

目前，我国课程教学评价发展趋势的主要研究内容为评价方法的发展，具体分为终结性评价、发展性评价、形成性评价、过程性评价及表现性评价。但在实际教学过程中，发展性评价、形成性评价、过程性评价与表现性评价常被误认为是一种评价方式的不同名称。因此本研究在进行文献综述时，根据过程性评价的定义，将针对过程与目标的研究统一作为过程性评价的相关研究。根据功能与评价内容的不同，将已有研究分为终结性评价的研究与过程性评价的研究两类。

（1）终结性评价的研究动态。《教学论》中将教学评价定义为"一种对教师的教学工作及学生的学习质量进行客观测量和价值判断的过程"[①]。这一概念同时将教师与学生两者纳入评价主体，但对于学生的评价只涉及学习质量。在此之前，相关文献已提出，国外学者将教学评价划分为4个阶段：第一阶段是用传统的书面测试方法对学生所学的知识进行评价；第二阶段注重检验评价结果与目标的契合度；第三阶段强调评价教学计划及评价的民主性；第四阶段开始逐渐关注评价对象[②]。依据该理论，《教学论》中的评价仍处于以学生知识掌握情况为主的第一阶段。找出传统评价方法的不足，利用新的评价方式提高评价的质量已成为广大教师需要考虑的新问题。

随着时代的发展，传统终结性评价内容片面、评价数据来源的科学性不足、评价结果动态性不足、持续性和终身性评价难以开展等弊端逐渐暴露了出来[③]。如果继续使用终结性评价，那么评价标准和内容过于片面的问题将不利于学生综合、全面地发展。但目前国内高校课程教学评价普遍存在主观能动性低、课程教学评价客观性失衡、科学合理性差和评价指标实用性不强等问题。究其原因，是因为学校教育属于集体化学习，学生缺少自主学习的时间和空间[④]。这种以考查学生知识为主的评价方法，在实际教学中往往注重分析、对比学生之间的差距，从而忽视了评价自身的反馈、调节与激励功能，不利于学生综合能力的持续发展。依据新课改的要求，学习结果只是科学评价所关注的一部分，学生能力的提升、学习

---

① 李秉德. 教学论[M]. 2版. 北京：人民教育出版社，2001：307.
② NOLAN J, HOOVER L A. 教师督导与评价：理论与实践的结合[M]. 兰英, 译. 北京：中国轻工业出版社，2007：239-241.
③ 杨现民，余胜泉. 智慧教育体系架构与关键支撑技术[J]. 中国电化教育，2015（1）：77-84，130.
④ 刘正华. 智慧教育重构学校生态的实践路径[J]. 湖南社会科学，2021（3）：155-162.

的过程与方法、情感态度的变化都需要教师给予相应的评价反馈。除此之外，还应注意到学生的个性差异[①]。

从已有研究结果来看，越来越多的教师开始意识到了传统终结性评价方法的弊端。教师作为终结性评价的主体，关注的评价内容以知识掌握情况为主，较为单一。针对这种现象，已有不少学者提出评价应关注学生本身，关注学生的个体差异，而不仅仅局限于学生的分数与排名。

（2）过程性评价的研究动态。20世纪60年代末期，美国学者斯塔弗尔比姆（Stufflebeam）提出了由背景（Context）、输入（Input）、过程（Process）、成果（Product）组成的CIPP评价模式，通过这4个维度对课程的评价进行概括。但是，早在100多年以前，美国卡内基教学促进基金会就针对高等教育的发展提出过三大关键问题，即建立评价学习效果标准，形成评价学习效果方法，并进行有效实施[②]。从中不难看出卡内基教学促进基金会早已开始关注学生的学习过程，并试图给予学生直观、可见的学习效果反馈。它们不以知识掌握程度为唯一关注点，而是更加关注学生的发展和收获。对于这种模式，部分学者将之称为发展性教学评价，国内有学者将其定义为"在课堂教学生活情境中由教师和学生共同进行的，用以推进课堂教学活动进一步有效开展的，促进学生与教师共同成长与发展的评价"[③]。

随着时代的发展，越来越多的学者、教师将评价主体放在了学生身上，他们认为，今后高校教学模式演变的趋势是由"以教师为中心"向"以学生为中心"转变。"以学生为中心"是未来课程教学改革的价值导向，不仅要求关注学生未来发展的可能性，还要求课程的教学评价有利于解决学生的需求问题、培养学生的学习动机，并促进学生"会学、乐学、学会"[④]。实际上早在1993年，美国学者巴尔（Barr）与塔格（Tagg）对"以教师为中心"与"以学生为中心"两种不同的教学模式进行了划分[⑤]。除了以学生为中心，还有以学习者为中心和以学习为中心。这3种模式都强调了教师和学生之间的角色转变，以及教学内容、教学方法和教学评价随之而来的变化[⑥]。

---

① 陈璐瑶. 教师教学深度转型：迈向智慧教学[J]. 教学与管理，2014（27）：131-133.
② 徐明慧，李汉邦. 美国大学学习效果评估的演化与新发展[J]. 中国高等教育，2011（Z1）：57-59.
③ 王婷. 发展性课堂教学评价研究[D]. 济南：山东师范大学，2006.
④ 李志义. 解析工程教育专业认证的学生中心理念[J]. 中国高等教育，2014（21）：19-22.
⑤ BARR R B, Tagg J.From teaching to learning—A new paradigm for undergraduate education[J]. Change, 1995, 27(6): 13-26.
⑥ 俞佳君. 以学习为中心的评价研究：理论与方法述评[J]. 黑龙江高教研究，2016（12）：10-13.

从已有研究结果来看，单一的终结性评价目标与学生的发展需求不符，越来越多的学者与教师意识到促进学生的综合发展需要着重关注学生的学习过程，而不仅仅是给予学生一个固定的发展性目标。可见，过程性评价的效果已获得众多学者与教师的认可。

3. 体育课堂教学评价研究动态分析

目前针对体育课堂教学评价的研究中，以专业基础理论课作为对象的研究较少，而以术科课程作为对象的研究较多。其中，大多数研究的侧重点都倾向于课堂教学的评价内容。也有部分学者、教师认为原有的评价模式存在一定缺陷，需要从评价方法、评价主体、评价标准及评价工具等方面进行改进研究。

（1）体育课堂教学评价内容研究动态。在有关体育教育专业学生课堂学习评价内容方面的研究中，国内与国外存在较为明显的差距。国内研究主要提出的评价内容包括专业基础理论、专项运动技能、学生平时表现、学生学习态度与学生学习过程中的变化等方面。同时，也有从技术类课程中进行关键能力凝练。例如，在早期的一些有关篮球课堂学习评价的研究中，把篮球课中的组合战术与对抗练习当作是技术考试中的重要评价内容[1]；也有将技评与动作规范程度作为竞技水平的重要量化评价标准[2]；其余的内容包括战术配合[3]、战术使用意识[4]等。这些评价内容普遍具有竞技化与训练化的特征[5]，但在培养学生的教学运用能力、语言表达能力、教学创新能力与理论理解能力等方面的效果并不显著。在专业发展需求、社会需求的契合度上也有待提高。

与国内的研究内容相比，国外有关体育教育专业学生课堂学习评价内容的研究相对较少，这是因为国外高校的体育课程大多以选修课程的形式开展[6]。课程设置的不同导致国外的体育课程不过分追求运动技能水平的提高，更加注重培养学

---

[1] 任纪飞. 沈阳体育学院篮球普修课考核内容与评价体系的研究[J]. 沈阳体育学院学报, 2008, 27（3）: 98-100.
[2] 许滨, 徐校飞. 高校篮球专项女生竞技水平的量化评价[J]. 北京体育大学学报, 2011, 34（6）: 111-113, 121.
[3] 李实, 吕纳, 马杰, 等. 篮球战术基础配合定量评价方法研究[J]. 天津体育学院学报, 2006（4）: 357-359.
[4] 赵志明. 大学生男子运动员篮球意识评价指标的研究[J]. 北京体育大学学报, 2007（9）: 1275-1276, 1279.
[5] 王明献, 詹建国, 张玉宝. 体育教育专业田径课程存在问题及改革方向[J]. 北京体育大学学报, 2013, 36（2）: 110-114.
[6] 傅建. "一流专业"与高等教育体育专业建设思考——黄汉升教授学术访谈录[J]. 体育与科学, 2019, 40（6）: 1-5.

生的教学能力与教法[1]。部分学校为发展学生的教学能力而设置针对性课程并安排教学实习，也有学校将"社会实践服务"作为必修课程，以此增强学生的责任意识和社会担当，在评价的同时也考虑到学生的体能水平[2]、书面知识[3]、学习态度、情意表现[4]等方面的内容。

从已有研究来看，国内外的已有研究指出了我国体育教育专业课程评价过度重视专项技能培养的问题，忽视了学生在实际教学中的综合应用能力培养，缺乏学生作为"未来体育教师"的相应能力考核。在评价内容上仍然需要针对学生的综合应用能力、情感态度、责任意识等方面进行补充优化。

（2）体育课堂教学评价方法研究动态。在有关体育教育专业学生课堂学习评价方法方面的研究中，国内已有不少教师开始提倡摆脱单一的终结性评价，通过多种评价方法体现学生的个性发展，而其中的主体思想应当是"以人为本"[5]，但仅采用终结性评价会忽视学生的发展过程，导致无法突出学生的个体特征。因此，要把学生的学习过程放在首位，通过终结性评价和过程性评价相结合[6]、主观评价与客观评价相结合、定性评价与定量评价相结合的方式[7]，充分发挥评价的反馈与激励作用，促使学生及时发现问题并加以改进。可以将终结性评价作为参考，也可以关注其他评价方法对学生学习过程的促进作用[8]。除此之外，还有学者在多元化评价的基础上提出利用个体差异性评价构建分级量化考评体系[9]，除追求多元化评价外，还对评价的现实化有了一定的要求。

---

[1] 张宏杰，张元文，Dr Jens Haaf. 中、德两国大学本科体育教育课程设置分析——苏州大学与德国海德堡大学对比[J]. 成都体育学院学报，2006，32（6）：113-116.

[2] ZHOU Q. On teaching assessment information system of university physical education curriculum[J]. Applied mechanics and materials, 2013, 347: 3372-3376.

[3] LEE S M, WECHSLER H. Physical education curriculum analysis tool[J]. Centers for Disease Control and Prevention, 2006, 21(20): 210.

[4] SHAHRABADI E, REZAEIAN M, HAGHDOOST A. Prediction of academic achievement assessment in university of medical sciences,Based on the students' course experience[J]. Journal of strides development medical education, 2014, 10(4): 485-493.

[5] 邹克宁，康鹤鹏，张玲玲. 实施新课标形势下体育教育专业田径课程改革的理论研究[J]. 武汉体育学院学报，2009，43（5）：82-86.

[6] 刘东. 普通高校篮球课异质分组合作教学评价方法实验研究[J]. 北京体育大学学报，2012，35（5）：95-98.

[7] 刘传进，顾伟农. 对我国体院体育教育专业排球专修课考评体系现状的调查与分析[J]. 山东体育学院学报，2006（4）：107-110.

[8] 郭斌. 体育教育专业篮球专修课程过程性评价研究[J]. 西安体育学院学报，2007（5）：112-115.

[9] 张晓莹，刘志红，王立红，等. 体育院校健美操普修课教学评价体系研究——学生学习评价方案设计[J]. 北京体育大学学报，2007（10）：1388-1391.

从国外学者对课堂学习评价方法上的研究来看，技术和能力只是评价的一部分，不能代表学生的完整水平，需要将态度、参与度、投入度等内容也纳入综合评价结果，这些内容可以通过项目学习评价体系（Project-based Evaluation Model，PEM）来实现[1]。

从已有研究来看，近年来多样化的评价方法已经成了较为热门的研究内容，评价重点已经逐渐由成绩转为对学生学习过程的关注，但目前我国不少研究只提出了使用多样化评价方法的思路，缺乏具体的实证研究。怎样才能更好地将终结性评价与过程性评价、定性评价与定量评价结合起来，真正发挥出评价的激励与反馈作用，确保每位学生都能够通过学习获得成功，仍然是课堂评价需要解决的难题。

（3）体育课堂教学评价主体研究动态。目前大部分学者会将课堂学习评价的主体作为评价改革研究内容中的一环，单独研究较少。在体育教育专业的课堂学习评价中，学生大多处于被动状态，评价过程与内容中也未涉及学生的自主创新能力及思维变化[2]。作为评价参与的主体，学生的参与度和自身的学习主动性与积极性有直接关联[3]，同时也会影响到课程评价改革。

从已有研究来看，虽然以学生发展为中心的教学理念早有学者提出[4]，但目前体育教育专业学生课堂学习的评价主体仍然是教师。在进行评价设计的时候，应该将学生纳入评价主体，以学生为中心，促使学生在评价的过程中激发学习的主动性与创造性。

（4）体育课堂教学评价标准研究动态。目前体育教育专业学生课堂学习评价标准大多结合不同专项进行研制，如早期的体育教育专业排球专项能力综合评判标准包括教学能力、课外活动指导能力、组织运动训练能力、比赛执裁能力、科研能力和管理能力6个方面[5]；也有部分学者从人才选拔的角度出发，构建了专项

---

[1] CONNIE F. How teachers can use PE metrics for grading[J]. Journal of physical education, recreation and dance, 2012(5): 114-118.
[2] 刘静. 上海体育学院武术专项课程教学改革策略[J]. 上海体育学院学报, 2007（6）: 84-87.
[3] 张孟红. 高师体育教育专业健美操课程评价方法的改革实验[J]. 成都体育学院学报, 2006（6）: 105-106, 113.
[4] 吴晓峰, 张涵劲. 对普通高校体育教育专业体操课程技术考核内容改革的思考[J]. 北京体育大学学报, 2008（8）: 1105-1107.
[5] 游道镕, 路春雷, 孙健, 等. 关于体育教育专业排球专项能力评价标准的研究[J]. 山东体育学院学报, 1993（3）: 59-63.

身体素质测试指标体系与评价标准体系[1]。

从已有研究来看，目前体育教育专业学生课堂学习评价标准研究主要集中在技能水平、身体素质与赛事组织等能力上，但这些研究尚未大面积普及使用。随着时间的推移，体育教育专业学生在师德规范、教育情怀与教育能力等方面的评价标准缺失问题也随之出现。

（5）体育课堂教学评价工具研究动态。部分国外研究采用量化评价工具对体育专业学生的综合情况进行评价，如Eurofit-Test（欧洲体能测试体系）能够对学生的体能状况进行评价[2]，学时观察系统可以描述分析学生的课堂表现[3]等。除此之外，随着时代的发展与进步，现代教育技术出现了可以对学生有意义的学习进行评价的U-learning评价模型；同时，这种技术也在移动设备上拓展，用来进行远程学习或补充线下教学内容[4]。

4. 过程性评价模式构建的研究动态分析

目前已有大量学者对过程性评价的优势进行了描述，认可了过程性评价在教学中的效果与可行性。部分学者为了促进过程性评价的有效实施，提出了自己关于过程性评价模式构建的想法。根据研究关注点的不同，已有研究大致可以分为过程性评价模式的基本理念、过程性评价模式的评价内容、过程性评价模式的构建方法、过程性评价模式的结构组成4类。

（1）过程性评价模式的基本理念研究。从评价本身的概念来看，评价的目的要服务于教育的根本任务，这个目的在不同角色身上有着不同的体现。在学生身上体现的应该是"立德树人"，而在教师身上体现的是教学反思和优化[5]。关注学生的学习过程，否定"唯分数论"的评价方法。因为"立德树人"不仅涵盖了学生价值观的塑造过程，也反映了学生在学习中所获得的"德育"成果，这一概念从评价的本质属性上强调了评价的价值所在。这就要求正确使用评价的结果，让

---

[1] 龚大利，刘爱华，胡凤兰，等. 山东体育学院体育教育专业乒乓球专选前专项及身体素质测试指标体系与评价标准的研究[J]. 山东体育学院学报，2000（3）：50-51，54.

[2] ALEKSIC-VELJKOVIC A, D STOJANOVIĆ. Evaluation of the physical fitness level in physical education female students using "Eurofit-Test"[J]. International journal of sports science and physical education, 2017, 2(1): 1-15.

[3] TAKAHASHI T, OKAZAWA Y, OTOMO S. The effectiveness of observation system of academic learing time in physical education[J]. Research of physical education, 1989, 34(6): 31-43.

[4] MOTIWALLA L F. Mobile learning: A framework and evaluation[J]. Computers & education, 2007, 49(3): 581-596.

[5] 牟智佳，刘珊珊，陈明选. 循证教学评价：数智化时代下高校教师教学评价的新取向[J]. 中国电化教育，2021（9）：104-111.

学生学会学习，而不只是掌握知识[1]。

高质量的学习、相关内容的学习，以及良好的学习态度都可以促使学生达到最终目的，而最终的教学成果才是定义高质量教学最重要的内容[2]。为了更好地引导学生，可以在课堂中适当增加教师与学生的良性互动，让学生在课堂中有更多自主学习的成分。由终结性评价转为过程性评价，同时也可以促使知识传授型教学模式向学习引导型教学模式转变。

从评价的主体来看，学生不能只是"被当作"评价的主体，而是要"作为"评价的主体[3]。调动学生的思维参与，让学生也成为评价者，不仅可以培养学生的批判性思维，同时也能够帮助学生进行反思和自我提升，促进课堂教学目标的达成[4]。

从评价的实施过程来看，如果学生按照教师制订的计划进步，证明该教学策略与学生的需求相符，否则就意味着该教学策略存在设计缺陷，需要进行相应的修改。若想通过学生的表现决定正确的教学策略，则需要依据当前的水平对学生进行监控和指导，从而调整教育计划。在智慧教学环境中，只需根据评价中的实际情境与具体问题选择合适的过程模型和分析方法，便可以实现对过程与结果、环境创设、管理过程和实施方案的全面、客观及可视化的评价[5]。

从已有研究来看，大多数学者都认为在实施过程性评价时，教师应当以引导者的身份出现，帮助学生进行自主学习，并为学生多元能力的培养提供发展机会。过程性评价摆脱了终结性评价在评价主体与评价内容上的单一性，更加倾向于从多元的角度对学生进行综合性的评价。过程性评价的评价过程更加灵活，可以根据具体情况对评价策略进行适当的调整。虽然学生学习过程的监控实施起来较为困难，但目前在智慧教学环境下，现代技术可以帮助教师更好地实施过程性评价。

（2）过程性评价模式的评价内容研究。国外曾有学者提出了与教学相关的 3 种典型模型：第一种是将教书育人放在首位的学者模式，该模式下的教师以获取知识和培养人才为教学的根本目的；第二种是注重师生关系的培养-专业模式，这

---

[1] 康淑敏. 信息化背景下的教学方式变革研究[J]. 教育研究，2015，36（6）：96-102.

[2] HATIVA N. What does the research say about good teaching and excellent teachers[J]. Teaching in the academia, 2015, 5: 42-74.

[3] 彭亮. 学生成为教学评价主体的探究[J]. 湖南师范大学教育科学学报，2015，14（6）：41-45.

[4] 王艳君. 思维发展型课堂的"五位一体"教学研究[D]. 银川：宁夏大学，2019.

[5] 刘革平，刘选. 跨学科比较视域下智慧教育的概念模型[J]. 电化教育研究，2021，42（3）：5-11.

种模式下的教师完全处于一个培养者的身份；第三种是反思-适应性模式，教师会依据学生的学习情况，对教学策略进行一定的改动，这种模式是一种以学生学习过程为中心的教育模式。从这3种模式来看，反思-适应性模式与过程性评价模式高度相似，但教学中最基础的知识学习与人才培养功能也不应当被舍弃。

以英国高水平教学质量为研究对象，可以分析出"以学生为中心"的4个基本要素：学生课前课后的阅读与写作、课程中的讨论与交流、课下的实践与服务及对教学整体的评价与反馈[①]。在"以学生为中心"的模式中，所有的教学活动都以满足学生的学习需要为目标。作为学习的主体，从知识的学习、理解到应用都应该由学生自主完成，而不是由教师进行直接灌输，教师主要以引导者的身份出现。在评价环节，关注的也是完整的学习过程。最后呈现给学生的结果应当是所具备的能力，而不只是学生所掌握的知识量化分数。

从已有研究来看，过程性评价模式的评价内容是多维度的，包括学生的知识水平、综合能力及学习过程的态度与情感。在过程性评价模式中，教师不仅要考虑教学目标与教学环节的紧密关联，还要考虑教学环节与学生行为表现的关系。因此，从已有研究中可以看出：一切内容的设计都要保证"以学生为中心"，过程性评价模式的评价内容并非只有学习过程监测。对学习过程进行监测的目的是为了促进学生的全面发展，从而为学生的成果产出提供更多的保证。

（3）过程性评价模式的构建方法研究。通过分析学生的学习能力，大致可以分为阅读、思考与表达能力3种，分别代表学生在学习过程中的输入、加工与输出阶段。通过学习以上3种能力，学生的知识获得过程将会转变为能力发展过程，课程的导向也将实现"能力导向"的转变[②]。从输入、加工与输出3个环节来看，如何通过构建有效的教学评价模型促进学生的发展是教学评价的难题之一。为了避免期末考核只考查学生对于知识的掌握程度，当前部分教师开始尝试利用手机与学生进行课上教学互动，通过出勤率、课堂学习情况检测、线上理论学习程度、综合性考核和实验操作内容对学生进行过程化考核评价[③]。从相关研究结果来看，利用线上线下混合式教学模式进行过程性评价，不仅满足了专业认证的需要，还

---

① 卫建国. 英国大学以学生为中心的优质教学探析[J]. 高等教育研究, 2016, 37（10）：104-109.
② 余文森. 能力导向的课程有效教学[J]. 全球教育展望, 2018, 47（1）：21-34.
③ 于丽丽, 马晓军, 孙彬青, 等. 混合式教学模式下包装专业理论课程过程化考核的探索[J]. 包装工程, 2020, 41（S1）：37-41.

可以提高学生的自主学习能力、运用所学知识分析和解决问题的能力，以及在实践中运用知识进行迁移创新的能力，是提高高校人才培养质量的一种行之有效的方法。

部分学者通过分析智慧教学构建过程性评价模式的可行性，发现大多数智慧教学系统都可以将学生的操作行为、答题记录作为输入数据，并通过教学系统提供的计算功能，为教师提供学生在认知、学习状态和与他人协作方面的信息反馈[①]。但在实际的运用过程中，不少教师为了利用智慧教学系统的特点给人带来视觉冲击，将课堂互动方式全部设置成选择、判断一类的客观题以方便系统计算，快速呈现互动题目正确率、学生平均分数及答题时间等分析结果[②]。这些案例看似利用数据对学生的学情进行了精准分析，但实际上分析结果仍然局限于学生的知识掌握情况。

从已有研究来看，目前大多数过程性评价模式都与智慧教学环境相结合，利用软件技术进行数据采集、过程监控，并且在实践过程中已经证明了智慧教学加过程性评价的模式是具有可行性的。但具体效果受制于教师对于智慧教学功能的挖掘程度，不少研究虽然采用了智慧教学加过程性评价的模式，但并未打破评价内容的局限性，缺乏实质性的促进作用。

（4）过程性评价模式的结构组成研究。部分教师目前已经开始使用翻转课堂对学生进行过程性评价，试图打破传统课堂"出勤率加测验成绩"的结构式评价方法。例如，利用翻转课堂进行授课，采取多种评价方法的结合来判断学生的学习效果与教师的教学改革是否得当[③]，如线上评价与线下评价结合、教师评价与学生评价结合等方式，可有效提高翻转课堂的教学效果[④]。也有部分教师将线上线下的学习活动按比例进行赋分，采用传统的结构式评价进行分数计算，如教学活动占70%、视频学习占30%。其中，视频学习又包含30%的他人评价，主要依据是学生的学习态度，而教学活动评价主要对学生的课堂表现、提问质量和次数、独立解决问题的能力及小组合作学习的成果4部分进行评价，从而判断学生的综合能力发展情况[⑤]。

---

① 张立山，冯硕，李亭亭. 面向课堂教学评价的形式化建模与智能计算[J]. 现代远程教育研究，2021（1）：13-25.
② 肖龙海，陆叶丰. 智慧课堂的高阶思维评价研究[J]. 现代教育技术，2021，31（11）：12-19.
③ 章木林，孙小军. 基于慕课的翻转课堂教学模式研究——以大学英语后续课程为例[J]. 现代教育技术，2015，25（8）：81-87.
④ 陈斌. 翻转课堂在高职思政课教学中的运用研究[J]. 教育理论与实践，2023，43（3）：46-49.
⑤ 李赞，林祝亮. 高等教育翻转课堂教学效果分析与思考[J]. 电化教育研究，2016，37（2）：82-87.

从已有研究来看，多数学者认为，传统课堂所采用的"出勤率加测验成绩"这种结构式评价不适用于翻转课堂教学，主要原因在于评价内容单一，通常评价内容仅限于学生的知识掌握情况。但在多元评价下，过程性评价是主要的评价方法，是关注学生学习过程中的行为表现的有效方法。

5. 过程性评价标准的研制方法研究动态分析

评价标准是评价中应用于对象的价值尺度和界限。目前已有众多学者开展有关过程性评价标准的研究，但并非所有的学者都对其进行了完整的构建。一部分学者从教育的目的出发，提出了研制过程性评价标准的意义所在；而另一部分学者从学生发展的需求出发，对过程性评价标准的维度开展了分析研究。

（1）过程性评价标准的目的意义研究。从教育的目的出发，有学者认为在教学评价中衡量教学质量和教师工作的重要标准应该是学生的发展情况[1]，除了要用全面发展的眼光看待学生在知识学习、能力发展与价值塑造3个方面的学习成果，也要关注学生的个性化发展，贯彻以学生为中心的思想。只有依据发展性目标，依靠发展性的评价方法，并且对课堂教学过程中的教、学状态做出合理的价值判断，才有可能实现发展性评价[2]。

综上所述，实施过程性评价的关键点即为关注学生的学习过程。教师在设置评价标准时，只有用全面发展的眼光看待学生，才有可能对课堂教学过程中的学生学习状态做出合理的价值判断。

（2）过程性评价标准的研制方法研究。在评价原则上，已有研究认为应明确学生的主体地位，体现主体参与、开展实践、深化发展、科学理性四大点[3]。在评价方法上，学生关于创造思维、问题解决能力和元认知等多方面反馈需要通过教师评价、学生自评与互评等多种方式体现。一门优秀课程的评价应具有科学性、多元性与开放性的特征，科学性强调的是学生在学习过程中的体验与感受，是指学生在学习技能与知识的同时是否得到了全面发展；多元性强调的是尊重学生个性化发展的以学生为中心的思想；开放性则体现在考核模式不拘泥于统一的标准答案，而是让学生进行自主思考、探索，充分发挥学生的个性特点。这些标准让

---

[1] 张建勇，潘海涵，陈煜. 以学生为中心的学评教体系构建研究[J]. 浙江工业大学学报（社会科学版），2011，10（1）：67-70.
[2] 王景英. 教育评价理论与实践[M]. 长春：东北师范大学出版社，2002：117.
[3] 庞丽丽. "以学生为本"的课程教学评价标准探析[J]. 教育与职业，2014（3）：100-102.

评价内容变得更为宽泛，既增加了课程的难度，又增加了学生学习的深度[①]。

部分学者根据学生的课堂行为表现来制定评价标准。例如，考查情感态度价值观类学习目标时，通过判断该目标是否落实成特定的行为表现或具体条例，判断价值观类目标与手段的一致性[②]，对情感价值等指标进行更好的表述。通过学生的行为表现，可以判断学生是否通过浅层学习，最终在语言能力、文化意识、思维品质、学习能力等方面得到提升，形成高阶思维[③]。

从已有研究结果来看，学生的综合素养已成为公认的过程性评价标准，越来越多的教师开始关注学生未来发展所需要的能力。这与我国《办法》中的基本理念较为相似。在该背景下，课程目标、专业目标及专业认证目标的一致有利于专业人才的培养更加贴合社会需求。这就要求教师在制定过程性评价标准时，拥有具体、明确的观测点，保证过程性评价标准的科学性。

6. 过程性评价数据采集方式研究动态分析

随着过程性评价研究热潮的兴起，学生学习过程中行为表现数据采集的方式逐渐成为研究热点。根据数据采集的时间要求，现有文献大致分为过程性评价的数据采集方式与过程性评价的管理办法两种研究。

（1）过程性评价的数据采集方式研究。有关过程性评价的数据采集方式研究基本与智慧教育是同时期出现的，已有研究中也大都采用智慧教学软件进行数据的收集与处理。早在2014年便已出现有关智慧教育发展可能性的研究。例如，利用大数据、云计算等先进技术，定期、持续采集各类教育数据，并深入挖掘这些数据，利用科学的评估模型来评价师生的表现[④]。可以说，智慧教育的出现帮助评价从"经验主义"更加快速地转变为"数据主义"。但受时代环境的影响，早期智慧教学软件还未普及，评价方式以终结性评价为主，缺乏开展过程性评价的条件，大部分学者的研究只存在于理论层面，无法判断其有效性。随着多媒体、互联网等技术的普及，已有学者开始提倡通过大数据对海量信息的挖掘实现对学生的评价及对学习模式、教学管理等情况的分析，并以可视化的数据直观呈现。真正实现"靠数据说话"，为传统评价方式中评价证据过于片面、反馈内容较为抽象等问

[①] 莫劲松. 体育教育专业篮球普修"金课"建设研究[D]. 桂林：广西师范大学，2021.
[②] 杨开城，卢韵. 一种教学评价新思路：用教学过程证明教学自身[J]. 现代远程教育研究，2021，33（6）：49-54.
[③] 朱燕华，陈莉萍. 大学英语智慧课堂教学评价指标体系构建[J]. 外语电化教学，2020（4）：94-100，111，15.
[④] 杨现民. 信息时代智慧教育的内涵与特征[J]. 中国电化教育，2014（1）：32.

题提供了解决方法[①]，能够在保证结果评价的基础上促进过程性评价的发展。

部分学者提出了更为细致的采集办法。例如，通过创设各种学习情境与任务，收集学生在任务完成过程中及最终状态的信息并鉴定其复杂性表现，最终推论学生素养习得的情况[②]。又如，搜集测试题的完成情况、学生上传的资料作业和上传的时间等信息，将这些信息作为评价过程中的重点要素供教师参考，作为教师给予最终分析的依据[③]。

从已有研究来看，目前有关过程性评价的数据采集研究大都与智慧教学软件相关。通过软件可以更好地帮助教师完成过程性评价数据的采集与分析工作，实现数据的统一管理，并且让过程性评价的呈现结果可视化、科学化。其效率与科学性都已获得研究者的公认。

（2）过程性评价的管理办法研究。目前有关过程性评价管理办法的研究较少，主要研究内容为班级管理办法。由于班级单位的总人数较少，学生之间的层次差距相对较小，所以教师可以利用档案袋记录学生的作品、行为表现、知识掌握情况及高阶思维评价等级[④]。随着技术的发展，档案袋评价法也在逐渐变化，现在已经可以通过量规、试题、任务清单等方式获取相关数据，同时记录学生阶段性成长变化的关键证据，将数据进行综合，最终形成电子档案袋[⑤]。在保证结果准确性的同时简化评价过程，进一步缓解教师的压力。也有学者针对在线学习系统提出了一些思考，想要利用在线学习系统进行辅助管理。这类学者认为，在线学习系统在学习上应当帮助学生了解自己的学习进度和成绩，并通过云端进行记录，让教师得以掌握学生的学习进度；在界面上，要注重给予使用者方便简洁的感受，并保证整体运行的稳定性；在社交上，要注重师生互动模块的设计；在内容上，教学资源要具备内容丰富、更新速度快的特点，易于学生开展个性化学习[⑥]。时至今日，这些功能都可以实现，教师已经可以利用在线学习系统监控学生的整个学习过程，实时获取数据，并进行集中管理。

---

① 吴晓威，陈旭远. "大数据"理念的教育应用与中国教育改革——从数据分类到证据转化的机遇识别[J]. 内蒙古社会科学（汉文版），2014（6）：169-170.
② 恽敏霞，彭尔佳，何永红. 核心素养视域下学业质量评价的现实审视与区域构想[J]. 教育发展研究，2019（6）：65-70.
③ 肖龙海，陆叶丰. 智慧课堂的高阶思维评价研究[J]. 现代教育技术，2021，31（11）：12-19.
④ 同③.
⑤ 毛刚，周跃良，何文涛. 教育大数据背景下教学评价理论发展的路向[J]. 电化教育研究，2020，41（10）：22-28.
⑥ MOHAMMADI S, HOMAYOUN S.Strategic evaluation of Web-based E-learning; a review on 8 articles[J]. Advances in computer science an international journal, 2013, 2(2): 13-18.

从已有研究来看，班级管理办法对于教师而言具有一定的可行性与操作性。但在目前研究中，档案袋评价法存在记录数据过于复杂的问题，在学生数据的管理分类上仍然存在改进空间。

7. 过程性评价的效果反馈研究动态分析

目前有关过程性评价的效果反馈研究以如何引导学生进行即时改进为主。根据研究内容的不同，现有的研究主要分为两类：一类是从评价的本质功能入手，对评价的反馈作用进行研究；另一类则是以实施方法作为切入点，对评价的反馈方式进行研究。

（1）过程性评价的反馈作用研究。在早期研究中，评价被定义为"基于系统收集的信息与相关证据进行价值判断，并将其结果用于行动"[①]。各种新的评价模式也在这个阶段出现，学者们的观点较为相似，将评价归为过程的评价、价值的评价。要完全实现评价的价值判断特性，其中必然要经历一个从获取信息到做出反应的过程，这样才能真正实现价值的提升。在教学领域中，评价过程就变成确认课程与教学计划实际达成度的过程[②]。可以说教学评价就是对教学过程、教学成果等内容的价值判断[③]。

根据教学评价对象的不同，教学评价所实现的价值也不尽相同。对于学生而言，教学评价是对学生学习需求、发展需求等内容的程度进行价值判断的过程[④]。对于教师而言，评价能帮助教师发现教学过程中的不足。不过教学评价对两者也有共同作用，即评价最重要的意图不是为了证明，而是为了改进[⑤]。

部分学者提出目前教学评价所存在的问题：一是评价标准的价值导向模糊，大多数学校和教师的评价标准与评价目的不相符，导致评价偏向于形式化；二是评价标准的使用僵化，部分学校针对不同学科采用相同的评价标准，缺乏对课程目标多样性的关注，导致课堂教学价值判断失去了其本身的合理性[⑥]。

从已有研究内容来看，虽然在理论层面上目前已有大量学者研究证明了评价的反馈效果，但在实践层面上，如何正确地进行反馈、满足学生的需求仍然是亟

---

① 王琰春. 西方教育评价观的演进及对我国的启示[J]. 教育与现代化，2003（1）：74-78.
② 郭元祥，吴宏. 论课程知识的本质属性及其教学表达[J]. 课程·教材·教法，2018，38（8）：43-49.
③ 王汉澜. 教育评价学[M]. 郑州：河南大学出版社，1995：16.
④ 范晓玲. 教学评价论[M]. 长沙：湖南教育出版社，1999：5.
⑤ 刘华. 学习观转型与教学变革深度推进[J]. 全球教育展望，2011，40（6）：23-27.
⑥ 杨清. 学校课堂教学评价：价值的判断、挖掘与提升[J]. 教育科学研究，2021（11）：61-65，71.

待解决的问题。

（2）过程性评价的反馈方式研究。有关评价反馈方式的研究较多，如将评价预判、反馈策略设计与反馈修正设计纳入了逆向教学设计中，并以所收集的评价结果和反馈内容为依据，适当地调整教学方法[1]，或利用教学游戏帮助学生更快地建立起知识结构[2]。

部分学者将反馈环节单独列出，设计出专门的评价反馈方式。例如，利用海量数据的具象化形成学生的综合素养发展画像，根据不同的需求对学生的评价数据进行有选择、针对性的输出[3]。利用单维 Rasch 模型进行学生能力和试题难度的直接比较，再借助多维 Rasch 模型进行学生知识掌握和认知能力的分析，输出雷达图与散点图，帮助学生了解自身的认知特点，同时也为教师施加个性化干预提供了依据[4]。

从已有研究内容来看，目前有关建立评价反馈方式的研究还处于探索阶段，众多学者对于反馈的内容与方式都尚未形成统一观点，其中一些利用数学模型进行反馈的方式效果较为明显直接。大部分反馈方式虽然采集了学生的行为表现数据，结果却仍然以学生的知识学习反映情况为主，对于学生能力发展及价值塑造的反映都不够明显。综上所述，如何基于学生的行为表现数据建立能够反馈学生综合素养的模型是当下研究所需要解决的难题。

（三）文献综述评点

从已有文献来看，目前有关师范类专业认证的研究仍处于探索阶段，如何呈现一门课程在专业认证背景下的课程目标达成度仍然是学界亟待解决的难题之一。

从师范类专业认证的相关研究来看，虽然实践类研究较少，但不少学者都已经明确指出，利用评价结果可以有效地帮助师范类专业进行持续改进。在课程评价的发展历程中，过程性评价早已受到诸多学者的重视，成为全学科的研究热点。

从教学评价发展趋势与体育课堂教学评价相关研究来看，大多数研究以技术

---

[1] 孔祥蕾. 重视反馈的逆向教学设计：以质谱课程的教学为例[J]. 化学教育（中英文），2021，42（20）：26-29.

[2] VAN DER SPEK E D, VAN OOSTENDORP H, MEYER J J.Introducing surprising events can stimulate deep learning in a serious game[J]. British journal of educational technology, 2013, 44(1): 156-169.

[3] 刘金松，徐晔. 普通高中学生综合素质智慧评价的动因、内涵与实施[J]. 课程·教材·教法，2021，41（7）：47-54.

[4] 武法提，田浩，王瑜，等. 智慧教育视野下基于 Rasch 模型的知识掌握与认知能力分析研究[J]. 华东师范大学学报（教育科学版），2021，39（8）：57-69.

类课程为研究对象，以专业基础理论课为对象的研究较少。因此目前国内评价内容仍然以基本知识与基本技术为主，缺乏情感、态度、教学能力等方面的评价。虽然不少学者提出要对学生进行综合评价，提倡采用定性与定量评价相结合的方式，但无论是现有的评价方法还是评价工具，大都以定量评价为主。教师仍是评价的主体，而学生仍是被评价者。相比之下，国外研究更加强调培养学生的教学能力，如培养学生对动作练习的观察指导能力、分析动作和纠错的能力等，诸多研究对系列能力的培养过程关注，证实了过程性评价适用于体育教育专业的课程。

从不同学科的研究看待过程性评价，诸多学者在评价模式构建、评价标准研制、评价数据采集与评价效果反馈等方面都提出了可供本研究参考的意见与相关思路。

（1）在评价模式构建方面，早在20世纪，国外就已经有学者提出评价要"以学生为中心"，将眼光聚焦于学生未来的发展。我国则普遍采用内容单一的终结性评价对学生的知识掌握程度进行考核，缺乏对学生综合素养的考查。鉴于此，众多学者在对比研究过程性评价与终结性评价的过程中，已经证明了过程性评价的价值所在，传统课堂所采用的"出勤率加测验成绩"的结构式评价无法体现出学生的学习过程，其本质仍然是以终结性为主导的评价方式。将过程性评价作为多元评价的主要评价方法，有利于打破评价内容单一的局面，实现学生的综合能力发展评价。

（2）在评价标准研制方面，大量研究已经明确了学生的综合能力是评价的根本内容，但具体的指标研究内容较少。这一问题随着《办法》的出现得到了解决，《办法》中明确提出了师范类专业的毕业要求，为课程评价标准的研制提供了可靠依据。

（3）在评价数据采集方面，已有研究证明现有技术足以实现对学生学习过程的自动监控，并将知识掌握程度以外的信息即时反馈给教师，为使用过程性评价的教师提供了数据采集的新思路。在管理方面，现有研究中提倡的档案袋评价法虽然已被证实有效，但仍存在复杂数据分类难、数据量大管理不便等问题，长期使用需要对其进行改进。

（4）在评价效果反馈方面，已有研究利用数学模型进行反馈的方法可以更好地将评价对象的特性用数值进行表述，实现部分质性评价内容的量化。在与其他反馈方法结合后，即有可能呈现出定性与定量相结合的评价方式。虽然已有研究的方法与工具值得借鉴与学习，但仍应结合目前专业的特点与发展要求开发出符合学生实际需求的课程评价体系。

以上研究表明，过程性评价可以实现评价过程的可见性、评价内容的客观性等要求，是实现定性评价的有效方法之一，相比终结性评价，评价内容、评价主体也更加丰富，是评价专业课程目标达成度的有效途径。

四、研究对象与方法

（一）研究对象

本研究以师范类专业认证的"体育概论"课程实施过程性评价模式为研究对象。

（二）研究方法

1. 文献资料法

文献资料法是指通过搜集、鉴别与整理文献资料，间接考察社会现象，从而形成对研究对象科学认识的一种研究方法。本研究通过中国知网、Google Scholar、Sci-hub、Bing Academic、Elsevier 等数据库，搜集整理国内外有关师范类专业认证、过程性评价及评价模式的相关学术成果。通过搜集金课建设计划与课堂教学改革实践方面的一手资料，获取相关研究动态、先进技术、前沿理论和实践方法。对现有课堂评价方式、评价指标等研究进行深入了解，精准定位研究内容，为本研究后续进展提供研究思路及支撑。

2. 行动研究法

行动研究法是一种以提高行动质量、改进实际工作为首要目标的研究方法。该方法强调研究过程与行动过程的结合，注重研究者与行动者的合作。行动者既是操作者，又是研究者，需要不断对自己所从事的实践工作进行反思。为验证师范类专业认证背景下"体育概论"过程性评价的实施效果，本研究以河南大学体育学院体育教育专业的学生为研究对象，进行"体育概论"授课的同时，采集分析学生的过程性评价数据、过程性评价实施效果的记录与反思。该行动研究以学期为时间单位，共进行两轮。通过过程性评价成绩记录档案、课堂观察记录表、教师反思与课题组讨论等定性研究与定量研究的方法，探索过程性评价模式实施过程中出现的问题，将观点与理念融合，应用于实践中，对过程性评价模式进行持续改进，不断提高教学质量。

（1）行动研究背景。《办法》强调，采取"全方位、全过程"的评价方式评价师范生的专业教学质量。但现有文献与调查中有关师范类专业认证的课程评价改革研究内容较少，主要研究为师范类专业背景下的课程目标达成度及专业发展评价，且大部分研究仍然处于理论探索阶段，即研究者提出建议及对策，但缺乏实践案例的支撑。少数研究者针对教师教育培养质量评价展开研究，但无法满足专业认证"全方位、全过程"的要求。因此，本研究与课题组成员一同进行教学实践，实施"体育概论"的过程性评价模式，旨在通过实践发现问题，以持续改进为目标，不断提升、完善"体育概论"的过程性评价模式。

（2）行动研究工具。本研究通过"积分制"管理办法采集学生线上线下学习行为表现，用定性评价与定量评价相结合的方式评价学生的成果产出情况。

定性评价包括课堂观察记录表、非标准化答案考试内容、小组作业、个人作业等。

定量评价包括过程性评价成绩记录档案、即时课堂互动积分、单元测验分数等。

（3）行动研究计划。本研究预期进行两轮行动计划，第一轮行动研究在师范类专业认证的背景下对目标达成度所出现的问题进行研究，针对现有不足构建"体育概论"的过程性评价模式，并以学期为单位制订研究计划，旨在检验"体育概论"过程性评价模式的稳定性，通过实践确认问题所在。第一轮行动研究计划如表 1-3 所示。

表 1-3　第一轮行动研究计划

项目	内容
行动研究时间	2021 年 9 月到 2022 年 1 月
行动研究目标	（1）检验教学活动与课程目标的一致性。 （2）检验教学活动评价标准的合理性。 （3）检验学习效果评价方式的合理性
行动研究对象	河南大学体育学院 2021 级体育教育专业 2 班、5 班（共计 45 人）
行动研究计划	一、计划 （1）第一阶段为理论准备阶段，包括通过查阅文献、分析现状等确定主要研究问题，并学习师范类专业认证、产出导向与过程性评价的相关理论，分析三者间的相互关系，为研究思路的确定提供理论依据。 （2）第二阶段为模式构建阶段，通过分析相关理论，与课题组成员进行研讨，找出"体育概论"在师范类专业认证背景下实施过程性评价的可能性，初步拟定"体育概论"的课程目标、教学活动及评价反馈方式，为研究的顺利开展提供实施工具。

续表

项目	内容
行动研究计划	（3）第三阶段为实施探索阶段，依据评价模式设计课堂观察记录表，对实施过程中可能出现的问题进行假设，初步拟定过程性评价实施的步骤。制订并展开第一轮行动计划，在实施过程中进行课堂观察记录。 （4）第四阶段为数据分析阶段，对第一轮行动研究的结果进行自主评价、反思，找出研究不足，并针对问题与课题组成员进行讨论分析，找出问题出现的原因，为第二轮行动研究做准备。 二、实施 （1）在教学过程开始前，与学生进行沟通，介绍"体育概论"课程的教学目标与评价标准，帮助学生建立学习小组，为学生构建过程性评价成绩记录档案。 （2）在教学过程中，收集学生的课堂行为表现、个人作业演讲表现、小组作业展示情况，并由教师给予学生即时反馈，帮助学生进行即时改进。 （3）在教学过程结束后，与学生进行交流，了解不同活动成果产出的难点，与课题组成员进行研讨，确定教学过程中出现的问题并对教学策略进行即时调整。 三、观察 （1）不同教学活动在实施的过程中是否能够实现"体育概论"的课程目标，以及学生在不同教学活动中所遇到的问题。 （2）评价标准是否能够激发学生的学习积极性，以及评价标准是否符合学生的实际行为表现。 （3）效果反馈方式是否具备量化学生综合素养、知识学习、能力发展、价值塑造等方面成果的作用。 四、反思 通过分析课堂观察记录表、学生过程性评价成绩记录档案、学生活动参与情况等内容进行反思。 （1）"体育概论"的过程性评价模式是否能够反映体育专业课程的目标达成度，是否符合成果产出导向理念与师范类专业认证持续改进的要求。 （2）教学活动的设置是否存在问题，评价标准、产出设定等方面是否需要改进。 （3）效果反馈方式是否能够有效运行

经过第一轮行动研究的验证后，第二轮行动研究将重新确认问题。通过教师反思、课题组讨论等方式制订问题改进方案，同样以学期为单位制订研究计划，旨在完善"体育概论"过程性评价模式的不足，检验改进效果。第二轮行动研究计划如表1-4所示。

第一章　绪　论

表1-4　第二轮行动研究计划

项目	内容
行动研究时间	2022年9月到2023年1月
行动研究目标	（1）改进"体育概论"过程性评价模式实施的问题。 （2）验证"体育概论"过程性评价模式改进的效果
行动研究对象	河南大学体育学院2022级体育教育专业3班、4班（共计48人）
行动研究计划	一、计划 （1）第一阶段为问题确认阶段，根据第一轮行动研究的反思结果，重新确认过程性评价模式的问题所在，提出问题解决方案。 （2）第二阶段为模式改进阶段，在保障预期成果产出、课程目标、教学活动一致性的情况下，对教学活动、评价标准进行改进，给予学生更多展示成果的机会。 （3）第三阶段为实施验证阶段，拟定第二轮行动研究方案并实施，在实施过程中进行课堂观察记录。 （4）第四阶段为数据分析阶段，对第二轮行动研究的结果进行自主评价、反思。验证"体育概论"课程过程性评价模式的实施效果，分析教学成果与后期持续改进的关键点。 二、实施 （1）在教学过程开始前，与课题组成员重新确定问题，并修改出现问题的教学活动、评价标准或反馈方式。实施改进后的"体育概论"过程性评价模式。 （2）在教学过程中，为学生提供小组作业、非标准化答案考试作业的典型案例，收集学生的课堂行为表现，对比第一轮的教学活动行为表现，与课题组成员共同讨论改进效果。 （3）在教学过程结束后，与学生进行自我反思内容的交谈，了解"体育概论"过程性评价模式的实施效果。 三、观察 （1）改进后的教学活动是否能够更好地反映"体育概论"的课程目标。 （2）改进后的评价标准能否为学生提供更多成功的机会。 （3）改进后的反馈方式能否更好地帮助学生自我改进。 四、反思 通过分析课堂观察记录表、学生过程性评价成绩记录档案、学生活动参与情况等内容进行反思。 （1）"体育概论"课程过程性评价模式的改进是否有效，后续存在哪些持续改进的空间。 （2）"体育概论"课程的过程性评价模式是否能够呈现出课程的目标达成度

经过两轮行动研究，确保过程性评价模式的顺利实施，并在实践过程中找出本研究的不足之处进行改进，不断完善研究内容。为广大一线教师提供具有参考价值的实践案例。

3. 案例分析法

案例分析是对当代某一处于现实环境中的现象进行考察的一种经验性研究方法。本研究对河南大学体育学院"体育概论"课程课堂教学实施过程性评价模式，参考不同学科行动研究案例，采集学生学习过程中的行为表现，呈现教学活动、个性化反馈报告案例并对其优缺点进行剖析，为过程性评价模式的持续改进提供素材。通过修改、完善其内容，筛选出典型案例，为广大一线教师提供参考。

4. 专家访谈法

在本研究中，课题组采用结构化访谈的形式，就师范类专业认证与"体育概论"课程实施过程性评价的理念、评价标准研制、评价数据采集方式及学生学习效果个性化反馈方式等问题，多次征求相关领域专家及教师的意见，依据专家意见反复审视本研究构建的过程性评价模式的不足之处，为过程性评价模式的构建提供支撑观点。同时结合行动研究进行相关内容的探索，在实践过程中不断改进，以形成最终成果。

第二章 "体育概论"课程实施过程性评价的定位分析

《办法》在附件《中学教育专业认证标准（第二级）》中明确指出："专业应根据中学教师专业标准，制定明确、公开的毕业要求。"可见一门课程实施过程性评价的先决条件是明确该课程所属专业实施过程性评价的定位。一方面，毕业要求支撑着培养目标的构建。另一方面，毕业要求需要在师范生的培养全过程中，即课程实施过程中进行分解、落实。在经过专业学习后，师范生应当在知识、能力、价值观等方面获得相应的成果产出。传统课堂所采用的单一终结性评价虽然可以将学生的知识掌握程度进行分数量化，却无法进一步关注分数变化背后的原因，且该方法无法展现学生的能力变化与价值塑造程度。因此，如何呈现一门课程的目标达成度，直接关系到培养目标的落实情况。加大过程性评价的份额、寻找能够测量培养目标达成度的手段已成为落实"学生中心、产出导向、持续改进"的必要条件。

一、突出学生主体

（一）关注学生需求的新教学模式

当前，我国不少高校教师仍存在"以教师教学为中心"的思维定式[1]，在教学、评价、资源配置等方面仍然以教师为主导，以学生为中心的理念尚未全面融入教学实践中。与传统教学模式相比，以学生为中心，突出学生主体，意味着教学设计与评价中心的转变。在传统教学模式下，教师通常会采取传授式教学，即在统一教学计划、教学大纲与教材的背景下，教师作为教学中心，主动进行知识与技能传授的过程。在教学过程由教师完全掌控的情况下，课堂可以根据该阶段学生的共同认知规律进行操作。这样的教学模式有助于教师在同一时间内对大批量学生传授相同的知识内容，是学生系统掌握知识的一条高效捷径，也可帮助教师时

---

[1] 马晓春，周海瑛. 认证标准视阈：师范专业质量保障体系构建新路向[J]. 现代教育管理，2021（1）：76-84.

刻把握教学方向，按时完成教学计划。但教师的主导地位在学生学习过程中被过分强调，学生始终处于被动接受的位置，对于知识的掌握更多来源于直接继承而非主动构建，缺乏学习主动性。基于共同认知规律的教学设计关注的是学生的共性特征，忽视了学生的个性发展，导致学生难以批判地理解知识，容易出现理论与实践脱离的问题，不利于培养学生的自主创新意识[①]。

相比之下，"以学生为中心"更多是以学生的需求为导向，进行教学设计的选择与改变。对此，"新三中心"理论[②]对教学重心的转变进行了详细的阐释，如表 2-1 所示。

表 2-1 "新三中心"理论

教学中心	对照内容	含义
以学生发展为中心	教学目标	了解学生当前状态与当前阶段的特定发展任务，关注学生的全面发展，充分挖掘学生的潜力
以学生学习为中心	学习过程中的问题	以学习为中心设计教学活动，促使学生做自己学习的负责人
以学习效果为中心	测量与反馈	突出最终评价的主要依据与目的

从表 2-1 中的内容来看，以学生为中心并非盲目地扩大学生作用，课堂的整体节奏仍然需要教师进行整体把控。学校教育是一种有计划、有组织、有领导、有效率的教育形式。诸如教学目标、教学内容或是教学评价的方式，虽然需要参考学生的兴趣或需求，但仍然需要教师参与制定，并非完全由部分学生自主决定[③]。只为学生提供互动机会而不加以引导，难以保证学生能够自主构建和掌握新知识，更应该强调学生在不同阶段的发展目标，关注学生学习过程中所出现的问题。通过评价给予学生即时反馈，促使学生即时改进，做自己学习的负责人。

（二）关注行为表现的过程性评价

目前，部分教师仍然采用"一张试卷定成绩"的结果性评价，这种评价方式导致学生在学习过程中过于重视知识的掌握情况，忽视了自身综合能力的发展。因此，评价方式的改革势在必行。当下，学生发展核心素养的需求正在引导不同

---

① 李志义. 解析工程教育专业认证的学生中心理念[J]. 中国高等教育，2014（21）：19-22.
② 赵炬明. 论新三中心：概念与历史——美国 SC 本科教学改革研究之一[J]. 高等工程教育研究，2016（3）：35-56.
③ 文秋芳. 构建"产出导向法"理论体系[J]. 外语教学与研究，2015，47（4）：547-558，640.

学段的课堂重心由"教书"转向"育人",而其中的关键首先是以"育人"为导向的课程评价标准和评价方式的改革,其次才是教学内容、教学方式等内容的改革与优化。

《办法》强调,对师范类专业教学进行全方位、全过程评价,并将评价结果应用于教学改进。一方面,对学生的学习过程进行全过程评价,了解学生动态过程中的学习效果,并及时反馈信息,帮助教师不断调节教学内容,完善教学计划、方案,以便教师能够顺利达到预期的教学目标。另一方面,关注学生的全面发展,对学生进行全方位的评价。在传统教学中,终结性评价难以测量或评价学生在学习过程中的动态表现,如学习动机的变化、能力发展的变化、情感态度的变化等。目前已有部分研究指出,通过建立学生学习档案或表现式评价,能够反映学生学习过程中的动态表现。因此通过实施过程性评价收集学生学习过程中的行为表现,为学生制作学习档案,能够帮助学生进行自我反思、自我评价,修正自己的学习行为,为自己制订新的学习目标,并实施自我监控,不断发现自己的优势与不足之处。

二、实现产出导向

(一)产出导向下的教学特征分析

产出导向教育(Outcome Based Education,OBE),又称 OBE 教育模式,曾在 20 世纪 90 年代,于美国与澳大利亚教育界风靡一时。该术语的提出者认为,OBE 教育模式能够"对教育系统进行清晰的聚焦和组织,使学生获得对未来成功有实质性帮助的经验"[1]。在该模式中,学生的学习成果要比学习方法与学习时间更为重要。除此之外,国内外还有一些与 OBE 相近的教育模式出现,如成果导向教育(Outcomes Focused Education,OFE)、产出导向法(Production-Oriented Approach,POA)。其实无论是 OBE、OFE 还是 POA,都是以学生的成果产出为驱动,设计课堂活动并评价学生成果产出的模式,既关注产出结果,又强调产出过程,在本质上较为相似。

从这些教育模式的共性特点来看,教育者需要对学生在学业完成时或毕业时所达到的能力水平有所设想,之后为学生设计有机会达成目标的教学活动。相比

---

[1] SPADY W D. Outcome-Based Education:Critical issues and answers[M]. Arlington,VA:American Association of school Administrators. 1994: 1-10.

以书本、经验为驱动形式的传统教学,以学生成果产出作为驱动力的教学模式给学生带来了更多的发展机会[①]。OBE 教育模式与传统教育模式的对比如表 2-2 所示。

表 2-2 OBE 教育模式与传统教育模式的对比

项目	OBE 教育模式	传统教育模式
学习导向	成果导向:学生的学习目标、课程设置、教材选用、教学过程、教学评价及毕业标准等均以成果为导向	进程导向:强调学生根据规定程序、课表、时间和进度学习
成功机会	扩大成功机会:为确保所有学生学习成功,学校应为每位学生提供适当的学习机会	限制成功机会:学习受限于规定程序与课表,因而限制了其发展与取得成功的机会
毕业标准	以绩效为毕业标准,学生毕业时必须证明能做什么	以学分为毕业标准,学生取得规定学分即可毕业
成就表现	以最终成果表示学生的顶峰表现,阶段性成果只用作下一阶段学习的参考	以阶段学习的累计平均结果衡量学生最终的成就表现,某一阶段的欠佳表现会影响最终成就
教学策略	强调整合与协同教学,授课教师应保持长期协作,强化沟通与合作。同时,强化合作学习,鼓励团队合作,形成学习共同体	偏重分科教学,教师授课边界清晰,很少沟通与合作。同时,强调竞争学习,鼓励互相竞争
教学模式	能力导向教学模式:强调学生学到什么和能做什么,重视产出与能力,鼓励批判性思考、推理、评论、反馈和行动	知识导向教学模式:强调教师教什么,重视输入,重视知识的获得与整理
教学中心	以学生为中心,教师结合具体情境并应用团队合作和协同方式来协助学生学习	以教师为中心,教师教什么,学生学什么,学生按教师要求的方式学习
评价理念	强调包容性成功,创造各种成功机会,逐步引导学生达成最佳学习成果	强调选择与分等,程度较差的学生因缺乏相应的学习机会而越来越差
评价方法	评价与学习成果相呼应,以能力为导向,注重多元评价	评价与规定程序相呼应,以知识为导向,常采用课堂测试的方式
参照标准	自我标准参照,重点在于学生的最高绩效标准及其内涵的相互比较	共同标准参照,评价可用于学生之间的比较

资料来源:李志义,朱泓,刘志军,等. 用成果导向教育理念引导高等工程教育教学改革[J]. 高等工程教育研究,2014(2):29-34,70.

---

① 顾佩华,胡文龙,林鹏,等. 基于"学习产出"(OBE)的工程教育模式——汕头大学的实践与探索[J]. 高等工程教育研究,2014(1):27-37.

从表 2-2 中的内容来看，OBE 教育模式主要强调学生的"成果导向"：在教学设计中以学生的需求为中心，关注学生的能力发展与最终成果；在教学过程中，重视学生的成果产出，为每位学生提供学习机会；在学生学习过程中，搜集学生阶段性成果作为自我参照标准，引导学生达成最佳学习成果；在教学评价中，为学生提供自我参照标准，通过多元评价方式反映学生的能力产出等。从结果来看，"成果导向教育"以学生为中心，方便教师由传统的终结性评价转为关注学生学习过程的过程性评价，能够更好地促进学生的全面发展。

（二）专业认证中的预期成果产出

作为《办法》的基本理念之一，产出导向主要通过师范类专业的毕业要求来体现。《办法》中的认证等级共有 3 级，每一级的毕业要求不同，所反映的培养产出质量也不同。其中，第一级认证标准是师范类专业办学的基本要求，主要依据国家教育法规、中小学教师专业标准和教师教育课程标准制定。第二级认证为师范类专业教学质量的合格标准。第三级认证在第二级认证的基础上进行延伸，将教学质量由合格提升至卓越，打造国际一流质量标杆。

从认证标准来看，第二级认证与第三级认证都对师范类专业的教学质量提出了要求，同时针对师范类专业毕业生的需求定义预期产出，即毕业要求。小学教育与中学教育的毕业要求相似度较高，主要差异为教师的知识掌握内容与学生的发展阶段两个方面，不同认证等级中的一级指标与二级指标皆相同。从指标划分来看，第二级认证与第三级认证的毕业要求都将践行师德、学会教学、学会育人与学会发展 4 点作为一级指标。在二级指标的区分上，第二级认证共划分出了 8 个二级指标，第三级认证则将二级指标扩充至 11 个。第二级师范类专业认证标准如表 2-3 所示。

表 2-3　第三级师范类专业认证标准

毕业要求		内容
践行师德	师德规范	（1）践行社会主义核心价值观，增进对中国特色社会主义的思想认同、政治认同、理论认同和情感认同。 （2）贯彻党的教育方针，以立德树人为己任。 （3）遵守中小学教师职业道德规范，具有依法执教意识，立志成为有理想信念、有道德情操、有扎实学识、有仁爱之心的好老师。

续表

毕业要求		内容
践行师德	教育情怀	（1）具有从教意愿，认同教师工作的意义和专业性，具有积极的情感、端正的态度、正确的价值观。 （2）具有人文底蕴和科学精神，尊重学生人格，富有爱心、责任心、事业心，工作细心、耐心，做学生锤炼品格、学习知识、创新思维、奉献祖国的引路人
学会教学	知识整合	（1）扎实掌握学科知识体系、思想与方法，重点理解和掌握学科核心素养内涵。 （2）了解跨学科知识；对学习科学相关知识能理解并初步运用，能整合形成学科教学知识。 （3）初步习得基于核心素养的学习指导方法和策略
	教学能力	（1）理解教师是学生学习和发展的促进者。 （2）依据学科课程标准，在教育实践中，能够以学习者为中心，创设适合的学习环境，指导学习过程，进行学习评价。 （3）具备一定的课程整合与综合性学习设计与实施能力
	技术融合	（1）初步掌握应用信息技术优化学科课堂教学的方法技能。 （2）具有运用信息技术支持学习设计和转变学生学习方式的初步经验
学会育人	班级指导	（1）树立德育为先理念。 （2）了解中小学德育原理与方法，掌握班级组织与建设的工作规律与基本方法。 （3）掌握班集体建设、班级教育活动组织、学生发展指导、综合素养评价、与家长及社区沟通合作等班级常规工作要点。 （4）能够在班主任工作实践中，参与德育和心理健康教育等教育活动的组织与指导，获得积极体验
	综合育人	（1）具有全程育人、立体育人意识，理解学科育人价值，了解学校文化和教育活动的育人内涵和方法。 （2）能够在教育实践中将知识学习、能力发展与品德养成相结合，自觉在学科教学中有机进行育人活动，积极参与组织主题教育和社团活动，对学生进行有效的教育和引导
学会发展	自主学习	（1）具有终身学习与专业发展意识。 （2）了解专业发展核心内容和发展阶段路径，能够结合就业愿景制订自身学习和专业发展规划。 （3）养成自主学习习惯，具有自我管理能力

续表

毕业要求		内容
学会发展	国际视野	（1）具有全球意识和开放心态，了解国外基础教育改革发展的趋势和前沿动态。 （2）积极参与国际教育交流，尝试借鉴国际先进教育理念和经验进行教育教学
	反思研究	（1）理解教师是反思型实践者。 （2）运用批判性思维方法，养成从学生学习、课程教学、学科理解等不同角度反思分析问题的习惯。 （3）掌握教育实践研究的方法和指导学生科研的技能，具有一定的创新意识和教育教学研究能力
	交流合作	（1）理解学习共同体的作用。 （2）具有团队协作精神，掌握沟通合作技能，积极开展小组互助和合作学习

从表 2-3 中的内容来看，毕业要求主要分为践行师德、学会教学、学会育人和学会发展 4 个方面，每个方面都对学生的毕业要求做了产出说明。其中，综合育人标准中明确指出，学生应当能够在教育实践中将知识学习、能力发展与品德养成相结合。将知识、能力、价值 3 个方面的成果产出进行融合后，自觉在学科教学中进行综合育人活动。不同的毕业要求在知识、能力、价值 3 个方面的预期产出也不同。

在践行师德方面，《办法》要求学生能够践行社会主义核心价值观、具备立德树人的师德规范。在《办法》出台后，2018 年 5 月 2 日习近平总书记在北京大学师生座谈会上再次强调，要坚持教育者先受教育，让教师更好担当起学生健康成长指导者和引路人的责任；评价教师队伍素质的第一标准应该是师德师风；要引导教师把教书育人和自我修养结合起来，做到以德立身、以德立学、以德施教。除此之外，对教育事业的职业认同也提出了要求，在进行教育工作时能够展现出一定的人文底蕴和科学精神。通过成果产出反映师范生对于教育的理解、热爱、忠诚和信念程度，从而表现为学生主观层面上的积极从教意愿。

在学会教学方面，《办法》对学生的学科核心素养内涵提出了掌握程度上的要求。学生需要立足学科思想和方法，自主整合学科知识体系，并加深自己对于专业学科与其他学科关系的了解。将理论与实践相结合，在教学过程中对学生进行环境创设、学习指导及学习评价。同时能够在人工智能迅速发展的时代[①]利用现代信息技术辅佐课堂教学，优化课堂结构。

在学会育人方面，要求学生具备一定的德育工作能力，掌握德育的原理、内容和方法。以班级指导作为切入点，牢记德育为先的教育理念。由于科技时代的高速发展，虚拟社会带来的心理问题也逐渐突出。作为新时代的师范类专业人才，除知识的传授外，还需要能够充分结合自身的知识、能力与价值理念进行德育活动、心理健康教育活动的组织工作，通过综合育人的实践活动，进一步了解育人价值、育人方法、育人内涵。

在学会发展方面，要求学生具备终身学习与专业发展意识，培养全球意识与开放心态。在学习的过程中，能够结合专业发展前景，吸收国际先进教育理念，进行自主规划，以发展理念看待自身素养的提升。在自我发展、自我学习的过程中，展现出一定的自我管理能力。学会利用发展、批判、创新的眼光看待问题，积极开展小组间的沟通合作，通过合作交流进行自我诊断与改进。

通过分析第三级师范类专业认证标准，可以得出其包含的成果产出包括但不限于表 2-4 所示内容。

表 2-4 师范类专业认证毕业要求成果产出内容

毕业要求	成果产出指向	成果产出内容
知识整合	知识产出	知识的辨识记忆；知识的概括关联；知识的说明论证；初步形成学科知识体系；知识的整合应用等
（1）教学能力。 （2）技术融合。 （3）综合育人。 （4）反思研究。 （5）交流合作	能力产出	教学设计能力；教学实施能力；教学评价能力；教学组织能力；教学研究能力；信息技术应用能力；综合育人能力；自我管理能力；自我反思能力；批判分析能力；自主创新能力；沟通合作能力等
（1）师德规范。 （2）教育情怀。 （3）交流合作	价值产出	规范的行为；社会价值的思想认同；尊重他人的良好品德；严谨的科学精神；积极主动的学习态度；教育职业的认同感；专业发展意识；团体合作意识；敢于奉献的教育精神等

教师作为一种职业，其专业性程度伴随着社会的发展而不断提高，教师专业

---

① 李克强. 政府工作报告——2018 年 3 月 5 日在第十三届全国人民代表大会第一次会议上[EB/OL].（2018-03-22）[2018-05-22]. https://www.gov.cn/guowuyuan/2018-03/22/content_5276608.htm.

化发展是提高师范教育质量的必然要求^①。从表2-4中的内容来看，师范类专业认证所提出的毕业要求是专业课程的"产出"依据，在此基础上，各学科教师可以进一步挖掘相关内容，修订课程目标，结合课程内容为学生设定更加具体的预期成果产出，以知识、能力、价值为评价内容，构建"三位一体"的评价方案。

三、做到持续改进

（一）专业认证下的持续改进要求

在专业认证的理念中，学生中心是基本要求，产出导向是主要需求，持续改进则是专业认证的核心价值，也是前两者实施的基础与保障。整个持续改进的过程贯穿了认证前、认证中和认证后的所有时段，其主要特征在于为专业认证提供进步导向与保持进步的持续性。传统教学模式以知识为导向，强调学生对于知识的获得与整理，能够通过监控学生在知识学习上的表现，对学生进行程度筛选，但无法对程度较差的学生提供改进帮助。产出导向则以成果为导向，重视学生的成果产出与能力发展，教师通过观察学生的个性化发展，为学生创造不同的成功机会，从而帮助学生发现不足、改进不足，引导学生获得最终成果。

产出导向的评价要求建立一种有效的持续改进机制。结合产出导向的特征来看，一个有效的持续改进机制应具有以下功能：①保证内外部需求的一致性，对培养目标进行持续改进；②确保预期成果产出与培养目标的一致性，不断完善毕业要求；③确保教学目标与预期产出的一致性，持续改进教学活动。这就要求建立3条循环通道，包括通过外循环持续改进培养目标、通过内循环持续改进毕业要求、通过成果循环持续改进教学活动。在不断完善成果产出标准的过程中，给予学生成功的机会。

（二）课程实施中的持续改进策略

《办法》为师范类专业提供了毕业要求作为学生成果产出评价的支撑依据，但并未清晰区分出不同专业、不同课程之间的成果产出区别。因此，教师应当为专业课程设置能够直观反映本专业毕业要求的课程目标，并在教学活动的内容中有所体现。最终，学生在经过课程学习后所获得的学习效果评价应当能够反映出毕业要求的达成度。这种教学设计能够避免学生在经过课程学习后，对于相关毕业

---

① 王芸. 我国师范类专业认证实践研究——以广西为例[D]. 桂林：广西师范学院，2017.

能力指标点仍停留于概念的理解层面，与实践应用脱节的情况出现。毕业要求、课程目标、教学活动三者所形成的循环关系共同支撑起一门课程所呈现出的目标达成关系，如图 2-1 所示。

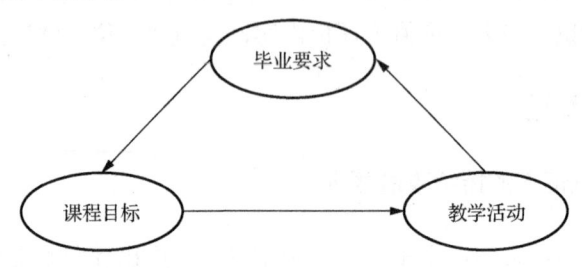

图 2-1　师范类专业认证下的持续改进

从图 2-1 来看，师范类专业认证下的持续改进是一个不断循环的质量改进过程，即不断发现改进的需求，制订相关的改进措施，以达到改进循环的目标。在该理念的落实过程中，只要发现教学活动中存在影响学生成果产出的质量问题或有提高质量的可能性，就应该予以重视并寻找改进质量的方法[①]。通过学生在学习过程中的行为表现、成果产出情况监控不同教学环节的产出质量，判断学生是否具备达成预期成果产出的机会。将得到的产出质量信息用于教学反思与教学改进，保障教学活动目标与预期产出的一致性，是建立有效持续改进机制的关键内容。

四、考核客观公正

（一）关注个性化发展的评价标准

教学评价是以教学目标为依据，运用有效的、多样的技术手段对教学过程和结果进行收集、分析及解释的活动[②]。传统教学所采用的终结性评价方法以学生的整体成绩作为参照标准，用分数将学生进行量化并划分为不同档次。虽然试题上有详细客观的评分标准，但在一些实践类活动中，学生学习过程无体现、一纸报告定优劣的情况屡见不鲜。产出导向的评价部分强调的是持续性与个体的标准参照。以课程教学目标的达成度作为评价标准，通过采集相关成果产出数据作为分析基础，评价每位学生在各教学目标上的达成状况，以及学生群体在每项教学目

---

① 林健. 工程教育认证与工程教育改革和发展[J]. 高等工程教育研究，2015（2）：10-19.
② 李志义，朱泓，刘志军，等. 用成果导向教育理念引导高等工程教育教学改革[J]. 高等工程教育研究，2014（2）：29-34，70.

标的达成状况[1]。确保所有的学生在经过学习后能够拥有"成功"所需要的知识和能力。与传统教学相比，产出导向下的教学对知识记忆能力的关注较少，其培养重心更加倾向于学生的自主学习、自主发展能力。预期成果产出的设定为学生设置了努力的方向，对学生预期能力的达成度进行多元化考核，但不要求学生通过具体的时间或某种方式达成目标[2]。这种方式能够有效帮助学生建立自我参照标准，在落实产出导向的同时促进学生的个性化发展。

（二）基于可视化证据的评价理念

在强调学生主体、围绕学生产出过程进行评价的教学中，对学生的学习表现与产出相关证据的收集被称为循证评价，即"基于证据的评价"[3]。这种方式并非单纯地进行数据收集、分析，而是利用数据发现并回应问题，针对问题制定决策，从而起到提高教学质量的目的。

在产出导向的前提假设中，每个人都可以通过努力来充分发掘自己的潜能，并实现相应的产出成果。确定预期成果产出是评价学生学习成果的前提条件，师范类专业认证的出现为师范生提供了清晰的预期成果产出范围。依据循证评价理念，教师可以通过搜集学生学习过程中的行为表现证据对学生的学习效果进行直接测量。例如，通过测验、论文、档案袋、教学表现等内容展现学生在知识、能力、价值等多方面的发展状态。通过学生课上所表现出的学习动机与学习投入度等内容，调查不同因素对成果产出的影响，找寻不同培养目标对学生的影响特征及规律，从而不断地对培养目标、预期产出及教学活动进行完善，为学生提供更多的成功机会。

通过循证评价，学生的学习过程具有可见性，能够将单一时间节点上的静态评价转换为跨越多个时间节点的动态评价，反馈学生的实时状态与发展趋势，从学生的学习过程中挖掘态度、习惯、方法、情感等终结性评价不易察觉的行为变化，精准把握学生的知识漏洞、能力缺陷与情感动态变化并进行及时干预。该评价模式为每位学生都赋予了相同的机会，以此实现考核结果的客观性与公平性。

---

[1] 施晓秋. 遵循专业认证OBE理念的课程教学设计与实施[J]. 高等工程教育研究，2018（5）：154-160.
[2] 王金旭，朱正伟，李茂国. 成果导向：从认证理念到教学模式[J]. 中国大学教学，2017（6）：77-82.
[3] 王松丽，李琼. 师范类专业认证的循证评估：基于学习结果的视角[J]. 教师教育研究，2020，32（6）：8-13.

第三章 "体育概论"课程实施过程性评价的标准研制

"体育概论"是从宏观、整体上综合研究体育的本质、基本特征及其一般规律的学科，也是体育专业学生全面了解体育的指导性课程，是学生学习体育专业的逻辑起点[①]。作为普通高等学校体育专业的7门专业类基础课程之一，如何直观地呈现一门课程的目标达成度也是"体育概论"所要面临的问题。

一、专业认证与"体育概论"课程教学目标修订

《办法》中的中小学认证标准对师范类专业学生提出了明确的毕业要求，为课程目标的修订提供了产出依据。以第三级师范类专业认证标准为例，学生在经过相应课程的学习后，应当展现出践行师德、学会教学、学会育人和学会发展4个方面的相应成果，并达成课程相应的知识学习、能力发展与价值塑造目标。师范类专业认证出台前的"体育概论"课程目标（2017年）：通过学习本门课程，使学生掌握体育基本原理，学会获取体育理论知识的方法，并能够运用体育理论知识分析问题、解决问题。在此基础上，通过课外阅读、小组合作探究作业、实践调研、案例教学、科普知识交流等方式方法，培养学生热爱体育的情感、传播体育科学的能力，以促进学生的知识、素质和能力全面协调发展。

从表3-1中的内容来看，"体育概论"是一门促进学生全方面协调发展的课程，对学生的知识学习、能力发展与价值塑造有着一定的要求，但对于学生的预期成果产出定位较为模糊。为进一步明确学生的预期成果产出，观测体育教育专业学生的毕业要求达成度，现有的课程目标需要针对师范类专业认证重新进行修订。

考虑到不同层级培养目标一致性的关系，"体育概论"在重新进行课程目标定位时首先应满足持续改进的要求，即课程目标的设计以学生需求为导向、以毕业要求为支撑，并在教学活动内容中有所体现。最终，通过学生在"体育概论"课程学习过程中所获得的成果，评价学生学习的学业质量，进而反映"体育概论"

[①] 杨文轩，陈琦. 体育概论[M]. 2版. 北京：高等教育出版社，2013：1.

课程的目标达成度与体育专业毕业要求的达成度。

本研究以第三级师范类专业认证标准为毕业要求，对课程目标进行重新修订，旨在反映学生知识、能力、价值3个方面的成果产出，为学生课程学习的目标达成度提供评价标准。从课程的学习目的与意义来看，"体育概论"课程首先需要帮助学生树立良好的体育价值观，使其正确认识体育，坚定体育信念，形成积极的体育态度，并树立体育事业心与责任感；其次，帮助学生提高对体育和体育科学的整体认识，丰富和拓展学生对体育的认识与了解，提高体育参与的自觉性、主动性与科学性；最后，提高学生指导体育实践活动的理论水平，发展学生的体育视野与自我反思能力，使学生在体育工作中展现出一定的宏观把控能力与前瞻性思想。

从课程内容来看，体育学是一门旨在帮助体育初学者认识和理解体育的本质、功能、目的、过程、手段和制度，并解释体育未来发展趋势的学科。作为体育学的基础课程，"体育概论"所涉及的主要内容包含体育概念、体育功能、体育目的、体育过程、体育手段、体育科学、体育文化、体育体制和体育发展趋势等内容，紧扣当代体育的发展趋势。

从课程学习要求来看，学生应坚持以马克思主义唯物辩证法和唯物史观分析问题，利用全球性视野、发展性眼光看待问题；坚持百家争鸣的学术方针，以批判性思维进行学习与研讨，敢于提出创新性观点，并在研讨中发现自身问题；坚持理论与实践相结合，突出"体育概论"的指导性，利用体育实践验证体育理论，培养体育专业师范生分析解决体育教学、体育锻炼、体育训练及社会实践等领域问题的能力；坚持不断创新发展的观点，在基于我国国情、了解体育发展规律与国际体育领域变化的基础上，构建能够反映体育本质和规律的学科体系。

综上所述，本研究依据师范类专业认证要求将课程目标分为3类，即知识目标、能力目标与价值目标，分别结合"体育概论"课程内容为学生设定预期成果产出。师范类专业认证背景下的"体育概论"课程目标如表3-1所示。

从表3-2中的内容来看，修订后的"体育概论"课程目标在知识目标方面依据师范类专业认证中"知识整合"的要求，结合课程内容进行修订。要求学生对"体育概论"的学科基础理论进行辨识记忆、概括关联、说明论证与整合应用，初步形成学科知识结构，深刻理解自身所学知识。

表3-1　师范类专业认证背景下的"体育概论"课程目标

毕业要求	目标名称	目标内容
知识整合	知识目标	从"体育概论"的课程内容出发，学生需要辨识记忆、概括关联，以及说明论证体育概念、体育功能、体育目的、体育过程、体育手段、体育科学、体育文化、体育体制和体育发展趋势等学科基础理论知识，初步形成体育学原理认识角度及知识结构
（1）教学能力。 （2）技术融合。 （3）综合育人。 （4）反思研究。 （5）交流合作	能力目标	从"体育概论"的课程要求出发，能够灵活运用所学知识，分析解释一些体育社会现象、体育教学问题、体育健身科学化问题及体育训练与竞赛问题，进一步发展学生的教学能力、研究能力、实践创新能力、组织策划能力、沟通协作能力及信息技术使用能力
（1）师德规范。 （2）教育情怀。 （3）交流合作	价值目标	从"体育概论"课程性质与特征出发，以专业知识教学实践活动为主要载体，植入家国情怀、社会主义核心价值观、中华优秀传统文化、社会公德及职业道德等思政元素，培养学生诚实守信、责任担当、科学精神、师德规范、教育情怀、社会公德意识等素养，为今后从事体育教学、科学研究、健身指导、训练竞赛立根铸魂

在能力目标方面，主要依据师范类专业认证中"教学能力""技术融合""综合育人""反思研究""交流合作"的要求，结合课程内容进行修订。要求学生能够不断进行自我审视、自我改进；能够利用所学知识解决相关教学问题，并在已有知识的基础上进行教学研究、组合创新；与小组成员进行交流协作，在实践中运用所学知识进行组织策划，检验自身学习成果等，真正做到学以致用。

在价值目标方面，主要依据师范类专业认证中"师德规范""教育情怀""交流合作"的要求，结合课程内容进行修订。要求学生懂得遵守规则、尊重他人；培养敢于付出、敢于担当的思想；具备积极主动、敢于探究的学习态度及良好的道德品质与积极进取的价值观念。

二、产出导向与"体育概论"课程学习活动设计

（一）教学活动的目标定位

教学活动的设计以教学目标为依据，这也是帮助学生在"做中学"，实现"以学生为中心"教学模式转变的重要环节[1]。从课程目标来看，体育专业的师范生若

---

[1] 郭文革. 高等教育质量控制的三个环节：教学大纲、教学活动和教学评价[J]. 中国高教研究，2016，（11）：58-64.

想要适应未来的教育事业发展,提高自身的教师专业化程度,需要具备相应的关键能力、必备品格和价值观念,而围绕课程目标所进行的教学活动设计应当能够反映出学生在经过"体育概论"学习后,知识、能力、价值 3 个层面上的具体成果产出。

根据现代认知理论,学生的认知过程需要经过学习理解、应用实践和迁移创新 3 个阶段,以此实现知识记忆理解到应用实践创新的逐层递进、不断深入[1]。在不同阶段,基于学生发展学科的高阶思维、关键能力和必备品格培养所创设的教学活动至关重要,是帮助、引导学生由知识定向到能力表现再到自觉内化为学科素养的关键。

高阶思维一般在教学目标的分类中作为较高层次的心理活动或认知能力出现[2],其主要构成包括批判性思维、创造性思维、决策性思维及解决问题的能力[3]。它不仅是学习者立足知识,向高阶学习进阶过程中所需要的重要素养,也是学生自主学习能力的代表,具体可以表现为学生积极地思考、有目标地探究,或是面临学习过程中的问题时提出针对性的解决方法或创新方案[4]。已有研究显示,为学生创设探究式教学活动有利于学生高阶思维能力的培养,帮助学生形成较为复杂的知识结构、加深相关概念的内涵理解程度[5]。学生在完成探究任务的过程中需要不断地搜集相关材料,与小组成员或同伴针对问题展开分析讨论,进行逻辑推导,最终归纳结论。在这个学习过程中,学生需要不断进行问题解决、分析解释、推理预测、评价反思与创造生成等思维活动。

关键能力是学生适应社会发展和个体发展所需要的核心能力及发展学生核心素养的重要指标之一。中共中央办公厅、国务院办公厅在 2017 年印发的《关于深化教育体制机制改革的意见》中明确指出,要注重培养支撑终身发展、适应时代要求的关键能力。在培养学生基础知识和基本技能的过程中,强化学生关键能力的培养,包括认知能力、合作能力、创新能力和职业能力。也有相关研究表明,创设实践探究活动对于发展学生的关键能力同样具有重要作用。学生在提出问题、

---

[1] 郭玉英,姚建欣,张玉峰,等. 基于学生核心素养的物理学科能力研究[M]. 北京:北京师范大学出版社,2017:1,20-23.
[2] L.W. 安德森,等. 学习、教学和评估的分类学:布卢姆教育目标分类学修订版(简缩本)[M]. 皮连生,译. 上海:华东师范大学出版社,2008:58-60.
[3] 段茂君,郑鸿颖. 基于深度学习的高阶思维培养模型研究[J]. 现代教育技术,2021,31(3):5-11.
[4] 何恩鹏,马嵘. 基于知识进阶的学习者高阶思维能力培养研究[J]. 教育理论与实践,2021,41(7):59-64.
[5] 马芸. 基于 MOOC 的混合式教学促进大学生高阶学习的研究[D]. 长春:东北师范大学,2019.

分析问题与解决问题的过程中，可以利用自身的知识进行实践应用，逐渐提高合作、发展、求知等关键能力。

必备品格同样是学生核心素养发展过程中的关键要素之一。以立德树人为导向，体现专业知识、专业技能与课程思政价值的深度融合，主要表现在人与自我、他人、事物的关系中。例如，对自我自律自制、自立自强的要求，对他人诚实守信、互相尊重的品质，对事物认真负责、严谨细致的态度等[1]。必备品格在现代认知理论中是一种非认知因素，主要依靠人在认知过程中的自我认知或实践探究过程中的自我觉悟形成。这些方式都是通过元认知的内化生成的，而并非外界的言语刺激所能达成的。

综上所述，本研究创设了学习理解活动、应用实践活动及迁移创新活动3类教学活动，为学生构建深度学习情境，在模拟的真实场景中帮助学生加深对学习材料的理解、自主构建学科知识体系，并将所学知识迁移至真实的情境中，用于分析和解决实践过程中出现的问题。

（二）学习理解活动的创设

学习理解是学生在学习过程中运用各种认知技能来理解和掌握学科知识的能力。这种能力不仅包括对知识的输入、存储和加工，还需要将不同的知识点进行关联和系统化。学习理解具体表现为学生能否在深度学习任务中熟练并高效地运用回忆、提取、辨识、确认、概括、关联、说明和论证等多种能力[2]。在深度学习任务的完成过程中，学生需要通过阅读、听讲、背诵和抄写等基础学习活动，逐渐积累知识和技能，并在实践中逐渐提升自己的认知能力和学习水平，从而实现知识的辨识记忆、概括关联和说明论证，达到高阶学习目标。"体育概论"学习理解活动创设思路如图 3-1 所示。

从图 3-1 中的内容来看，本研究的学习理解活动创设思路主要采用翻转课堂教学的方式，将传统课堂中的教学内容转移到 UClass 智慧教学平台，使学生在课前自行学习相关知识，而在课中更多地进行讨论、互动等深度学习活动，便于更好地提升学生的学习效果和参与度。

---

[1] 常虎温. 核心素养中的"关键能力"和"必备品格"及对教师教学的启示[J]. 教育理论与实践，2018，38（20）：53-54.

[2] 郭玉英，姚建欣，张玉峰，等. 基于学生核心素养的物理学科能力研究[M]. 北京：北京师范大学出版社，2017：1，20-23.

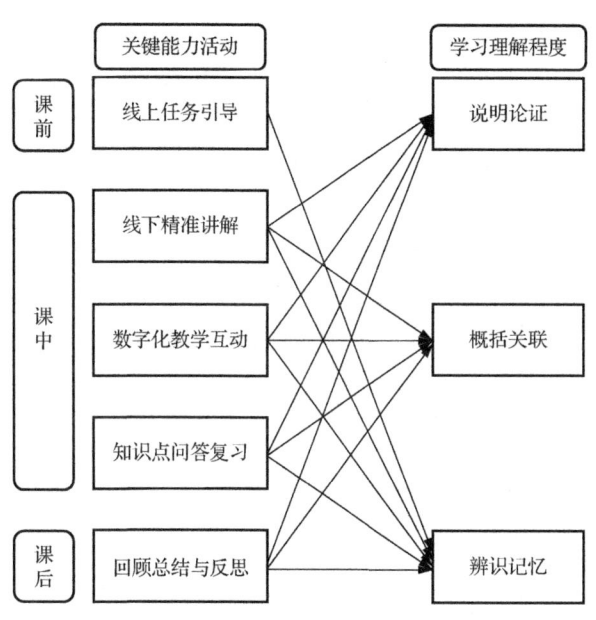

图 3-1 "体育概论"学习理解活动创设思路

在线上教学过程中，本研究为学生提供了自主学习和合作探究的机会，帮助学生更加灵活地安排自己的学习时间和方式，完成基础知识学习任务。同时，平台会记录学生的线上学习时间、作业完成度、教学活动参与人数及教学资源学习次数等数据。教师根据线上数据实时了解学生的学习积极性和学习效果，及时指导学生的学习，实现全程跟踪教学。线下则利用平台单元测验一键发布、批阅和统计功能，检验学生线上学习效果，为学生学习的学业质量评价搜集参考数据。通过学生的答题情况，寻找教学过程中出现的易错题（正确率不足80%），并针对其重难点进行反复讲解，帮助学生更好地掌握相关知识点。针对不同学生的学习情况进行个性化教育，以提高教学的效率和质量。在此基础上创设单元测验、知识问答与即时课堂互动3个教学活动，目的在于对章节知识进行拓展训练，促进学生在学习实践中的深层次参与，从而最大化地增进学生对基础知识的深度学习理解。

（三）应用实践活动的创设

应用实践是指学生运用自身的学科知识和思维方式，对学科现象进行分析解释，并尝试解决实际问题的能力[1]。这种能力不仅能够帮助学生更好地理解和掌握

---

[1] 郭玉英，姚建欣，张玉峰，等. 基于学生核心素养的物理学科能力研究[M]. 北京：北京师范大学出版社，2017：1，20-23.

所学知识，还能够培养学生的实践能力和创新能力，使学生能够更好地适应社会的发展和变化。"体育概论"应用实践活动创设思路如图 3-2 所示。

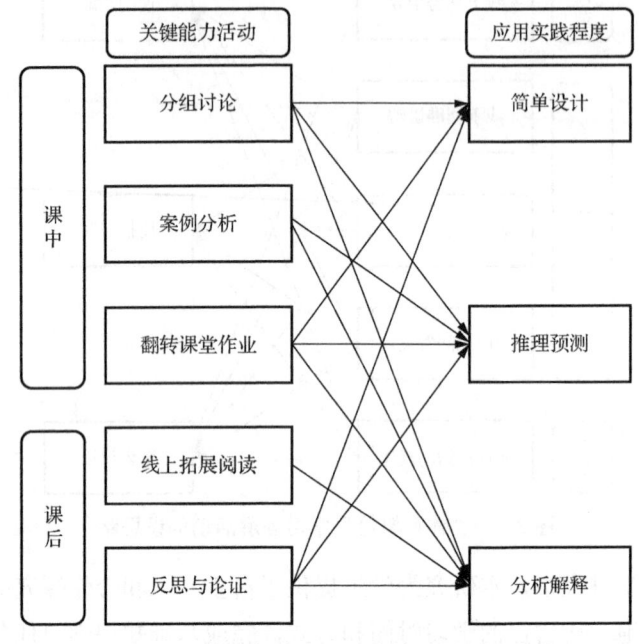

图 3-2 "体育概论"应用实践活动创设思路

从图 3-2 中的内容来看，本研究将知识的讲解环节转移到课堂之外，学生可以在线上自主学习基础知识，预留一部分课堂时间，从而将有限的课堂时间用于更加丰富、有意义的教学活动，提高学生的课堂参与度，让学生更加深入地了解和掌握所学的知识。同时也能够更好地发挥教师的教学作用，实现更高质量的教育教学目标。在此基础上，通过引导学生参与课堂讨论和课后反思教学活动，创设教学情境，帮助学生在实际场景中运用体育原理知识分析和解释一些与体育有关的健身、竞赛、教学问题或社会现象，并鼓励学生进行推理和预测，尝试提出相应的解决方案。

（四）迁移创新活动的创设

迁移创新是指学生将所学的知识和方法应用于新的情境中，解决未曾遇到的问题，开辟新的领域并探索新知识、新方法的能力，是学生更高层次的认知能力表现[1]。迁移创新具体表现为学生在遇到新问题时，是否能够运用已有的学科知识和方法解决新问题、发掘新知识和方法、进行自我反思与评价，并不断追求实践创新的能力。"体育概论"迁移创新活动创设思路如图3-3所示。

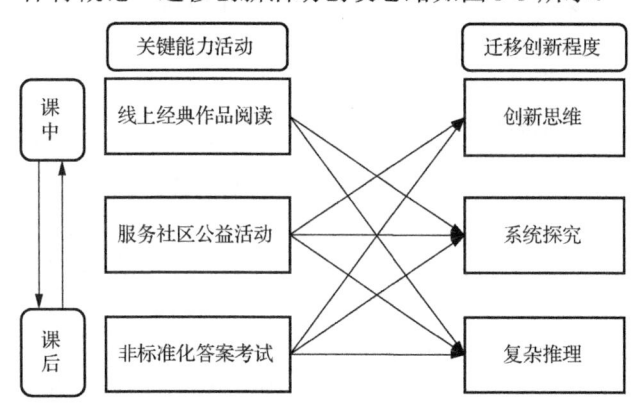

图3-3 "体育概论"迁移创新活动创设思路

从图3-3中的内容来看，学生将通过个人作业和小组作业的形式，在线上和线下参与多种活动。个人作业包括进行线上的知识拓展阅读，以及线下的"我心目中的体育"视频录制活动。小组作业的主要形式是线下活动，通过开展"走进体育科学，践行体育科普知识"公益活动，鼓励学生在学习和理解体育原理知识的基础上，综合运用所学知识与技能，通过复杂推理、系统探究和实践探索等高阶认知行为，将体育知识与方法应用于日常学习和生活实践。通过开展各种活动，旨在帮助学生更好地掌握体育知识，并将其运用到实际生活中，促进学生对体育科学的深度理解和实践探索。

除此之外，本研究还为学生创设课堂常规活动，通过收集学生的行为表现数据，关注学生的必备品格培养。

（五）预期成果产出及内容

通过分析学生在学习理解、应用实践和迁移创新过程中逐渐提高的需求，结合"体育概论"课程目标，思考如何通过学科课程培养学生适应未来社会发展和个体终身发展所需要的高阶思维、关键能力和必备品格。本研究共为学生创设单元测验、知识问答、个人作业、课后反思、课堂讨论、小组作业、即时课堂互动、

---

[1] 郭玉英，姚建欣，张玉峰，等. 基于学生核心素养的物理学科能力研究[M]. 北京：北京师范大学出版社，2017：1，20-23.

课堂常规 8 个教学活动，为学生由低阶学习向高阶学习的转变提供机会。最终，依据"体育概论"课程目标凝练出教学活动预期达成的成果产出，如表 3-2 所示。

表 3-2 "体育概论"课程教学活动的预期成果产出

课程目标	教学活动	预期成果产出
知识目标	单元测验	（1）辨识记忆"体育概论"基础理论知识。 （2）初步形成"体育概论"学科知识结构
	知识问答	（1）辨识记忆"体育概论"基础理论知识。 （2）概括关联"体育概论"基础理论知识
	个人作业	（1）说明论证"体育概论"基础理论知识。 （2）整合应用"体育概论"基础理论知识
	课后反思	整合应用"体育概论"基础理论知识
	课堂讨论	（1）整合应用"体育概论"基础理论知识。 （2）说明论证"体育概论"基础理论知识
	小组作业	（1）说明论证"体育概论"基础理论知识。 （2）初步形成"体育概论"学科知识结构
	即时课堂互动	（1）概括关联"体育概论"基础理论知识。 （2）辨识记忆"体育概论"基础理论知识
	课堂常规	无
能力目标	单元测验	表现出自主学习、自主探究和自律自治的自我管理能力
	知识问答	（1）表现出分析判断、解释说明问题的能力。 （2）表现出实践应用、迁移创新知识的能力
	个人作业	（1）表现出运用多维视角分析解释问题的能力。 （2）表现出解决复杂问题的实践创新能力。 （3）表现出现代信息技术学习与应用能力
	课后反思	（1）表现出运用多维视角分析解释问题的能力。 （2）表现出解决复杂问题的实践创新能力
	课堂讨论	（1）表现出分析判断、解释说明问题的能力。 （2）表现出实践应用、迁移创新知识的能力
	小组作业	（1）表现出沟通协作、解决问题的能力。 （2）表现出组织协调、决策策划的能力。 （3）表现出组织管理、教育教学的能力。 （4）表现出系统探究、实践创新的能力
	即时课堂互动	（1）表现出分析判断、解释说明问题的能力。 （2）表现出知识应用、迁移创新知识的能力
	课堂常规	表现出自律自治的自我管理能力

续表

课程目标	教学活动	预期成果产出
价值目标	单元测验	表现出遵守考试纪律、诚实守信的行为规范
	知识问答	表现出乐学善学、勤于反思、勇于探索的学习态度
	个人作业	（1）表现出乐学善学、勤于反思的学习态度。 （2）表现出不畏困难、勇于探究的科学精神。 （3）表现出精益求精、追求卓越的价值观念
	课后反思	（1）表现出乐学善学、勤于反思、勇于探索的学习态度。 （2）表现出敢于质疑、勤于反思的科学精神
	课堂讨论	培养乐学善学、勤于反思、勇于探索的学习态度
	小组作业	（1）表现出团结奋进的集体荣誉感和责任心。 （2）表现出无私奉献、志愿服务的社会公德心
	即时课堂互动	表现出乐学善学、勤于反思、勇于探索的学习态度
	课堂常规	（1）表现出遵守规则、诚实守信的行为规范。 （2）表现出尊师重教、尊重他人的良好品德。 （3）表现出积极向上、认真负责的学习态度

通过表 3-2 可知，依据"体育概论"课程目标，可以将学生发展所需的高阶思维、关键能力和必备品格归纳为知识、能力与价值 3 个方面的成果产出。课程目标的修订基于第三级师范类专业认证标准，旨在帮助学生达成毕业要求。为了更好地实现这一目标，需要对教学活动的内容进行详细的区分，如表 3-3 所示。

表 3-3 "体育概论"课程教学活动内容

教学活动	活动内容
单元测验	学生利用 UClass 智慧教学在线自主学习、合作探究章节翻转课堂学习资料，线下集中开展学习效果测验，严格遵守闭卷考试规范
知识问答	学生课下复习章节基础理论知识，课上回答有关章节基础理论知识的辨识记忆题、分析判断题、解释说明题和迁移创新题
个人作业	学生课后自主探究，课上分享交流。具体作业内容包括体育经典作品研读（如《体育之研究》或《体育颂》读后感）、体育政策文件解读（如健康中国纲要、体育强国纲要解读与评论）、走进体育科学搜集体育科普知识、我心目中的体育
课后反思	利用 UClass 智慧教学在线讨论功能，引导学生整合应用"体育概论"基础理论知识，立足时事体育事件或自身体育学习经历，提出问题、分析问题和解决问题

续表

教学活动	活动内容
课堂讨论	利用 UClass 智慧教学讨论墙功能，引导学生应用章节基础理论知识，分析判断、解释说明、质疑批判、推理预测体育教学、体育锻炼、体育训练与竞赛中的一些实际问题
小组作业	学习小组合作探究，完成体育科普知识搜集整理和公益志愿服务中小学生体质健康促进活动，参与"走进体育科学，践行体育科普知识"公益活动作业评比
即时课堂互动	利用 UClass 智慧教学互动工具，随堂发布与章节基础理论知识相关的辨识记忆题、概括关联题、分析判断题、解释说明题、知识应用和迁移创新题，帮助教师及时了解学情（学习前测、课中互动和课后学习效果测验），以及实现最大化学生参与课堂教学
课堂常规	明确优秀行为和不当行为，采用"积分制"管理办法，以档案袋的方式记录学生日常课堂行为表现

从表 3-3 中的内容来看，"体育概论"课程采用启发式教学方法。多样化的教学活动内容有助于打破单一的讲授式课堂教学模式，突出学生学习主体性，明确课堂教学的重要价值。同时，有助于激发学生对问题的求知欲望，引导学生掌握自主学习能力，鼓励学生积极参与教学活动，解答学生学习过程中的困惑，培养学生学科关键能力和必备品格。此外，利用 UClass 智慧教学功能，结合线上线下混合式教学，可以提供更加全面、客观的过程性评价，从而更好地优化课堂教学结构。

三、持续改进与学生学习过程行为表现评价标准

为突出评价的多元性特征，本研究采用过程性评价和非标准化答案考试相结合的方式观测学生的学习行为表现，评估学生的学业成绩。其中，过程性评价以学生学习过程中的行为表现、成果产出数量作为评价依据，占总成绩的 70%。非标准化答案考试以定性评价与定量评价相结合的方式作为评价依据，占总成绩的 30%。

（一）教学活动观测点及评价标准

在教学活动行为表现方面，本研究以产出导向为基本理念，旨在培养学生的综合能力和价值素养。不仅强调学生达成成果产出目标，也鼓励学生积极参与各种教学活动，不断提高学生的专业知识、技能和价值观念，以适应未来体育教育事业的发展。

第三章 "体育概论"课程实施过程性评价的标准研制

根据学生在学习理解、应用实践和迁移创新 3 个阶段的特点，可以对不同的教学活动设置不同的质性评价或量化评价标准。例如，单元测验旨在观测学生的知识记忆与理解程度，答案具有客观性，即可根据客观题目的正确率制定量化评价标准；知识问答与即时课堂互动既可以由学生主动参与，也可以通过教师提问的方式被动参与，因此针对不同的参与情况、答题数量，教师可以为被动参与活动的学生设置相应的鼓励措施；个人作业与小组作业的成果主要通过作业内容进行展示，评价标准应同时考虑到作业的达成情况与完成质量；课堂讨论与课后反思需要学生立足自身已有知识，对一些实际问题进行分析解释，因此评价标准应考虑到学生的主观表现与产出内容；课堂常规是课堂环境的主要体现，评价标准应体现出学生在责任感、行为规范等方面的成果产出。

根据不同活动中学生可能出现的行为表现，本研究设置了"优秀"与"良好"两种评价标准。"优秀"意味着学生已经通过该活动获得相应的成果产出；"良好"意味着学生积极尝试、积极探索，具有可能成功的机会。"体育概论"教学活动行为表现评价标准，如表 3-4 所示。

表 3-4 "体育概论"教学活动行为表现评价标准

教学活动	行为表现观测点	优秀标准	良好标准
单元测验	（1）学习投入时间。 （2）单元测验成绩。 （3）考试行为规范	按时完成线上学习任务，测验成绩连续两次获得满分，记"优秀"1 次	按时完成线上学习任务，测验成绩满分，记"良好"1 次
知识问答	（1）主动回答问题。 （2）正确回答问题。 （3）回答问题表现	主动回答 2 个问题，且答案准确，表达流畅，记"优秀"1 次	主动回答 1 个问题，或被动回答 2 个问题，记"良好"1 次
个人作业	（1）知识整合应用表现。 （2）作业分享交流表现（信息技术应用能力、教育教学能力）。 （3）自主探究态度表现	知识整合应用合理、分析问题视角多元、解决问题思路清晰、使用资料翔实可靠、说明论证逻辑严谨、课件制作精美实用，记"优秀"1 次	知识整合应用合理、解决问题思路清晰、使用资料翔实可靠，记"良好"1 次
课后反思	（1）主动参与互评表现。 （2）知识整合应用表现。 （3）自主探究能力表现	敢于质疑、敢于提出问题、知识应用合理、观点明确、论据翔实、分析深刻、表述清楚、能够获得启发、具有创新思维，记"优秀"1 次	敢于提出问题、观点明确、论据翔实、表述清楚、具有创新思维，记"良好"1 次。如不满足，但积极参与，可根据情况获得 1~3 分课堂互动积分

续表

教学活动	行为表现观测点	优秀标准	良好标准
课堂讨论	（1）积极参与课堂讨论。 （2）知识整合应用表现。 （3）问题解决能力表现	知识应用合理、观点明确、论据翔实、分析深刻、表述清楚，且能够回答其他学生回答不上的问题，记"优秀"1次	能够提出问题，有一定的个人见解和解释说明，观点明确或论据充分，但表达不清楚，阐释不完整，记"良好"1次。如不满足，但积极参与，可根据情况获得1~3分课堂互动积分
小组作业	（1）知识整合应用表现。 （2）作业分享交流表现（信息技术应用能力、教育教学能力）。 （3）合作探究态度表现（沟通合作、组织协调、系统探究、实践创新能力、团结奋进、无私奉献）	团队协作分工明确、知识整合应用合理、分析问题视角多元、解决问题思路清晰、使用资料翔实可靠、说明论证逻辑严谨、课件制作精美实用，小组成员各记"优秀"1次	团队协作分工较为明确、知识整合应用较为合理、解决问题思路较为清晰、使用资料翔实可靠，小组成员各记"良好"1次
即时课堂互动	（1）积极参与课堂讨论。 （2）辨识概括知识表现。 （3）自主探究能力表现	通过提问、讨论墙、课下反思等形式积满10分，记"优秀"1次	通过提问、讨论墙、课下反思等形式积满5分，记"良好"1次
课堂常规	（1）无迟到、早退和请假行为。 （2）无课堂睡觉、玩手机行为。 （3）学习小组成员无不当行为	学习小组成员1个学期无不当行为，记优秀2~3次（3人1组记2次，4人1组记3次）；个人1个学期无不当行为，记"优秀"1次	无

表 3-4 中的内容主要展示通过观察学生行为表现与评价标准的一致性，评价学生是否满足"优秀"或"良好"的评价标准。在学生完成相应的教学活动后，教师直接给予学生即时评价，学生便可以通过对照评价标准，知晓自身不足，进行即时的自我改进。教师也可通过教学活动的参与情况、成果产出情况进行教学反思，即时调整教学策略，达到提高教学效果的目的。

（二）非标准化答案考试评价标准

非标准化答案考试不设置统一答案内容，旨在充分给予学生自主创新、自主

第三章 "体育概论"课程实施过程性评价的标准研制

发挥的空间。以"我心目中的体育"为主题，学生需要自由选择公平、正义、自由、科学、友善、和谐、和平、民主、开放、坚毅、勇气、乐趣、果断、荣誉、健壮、美丽、健康、自律、超越、团结、诚信等生活中的一种角度或多种角度，自行搜集相关论据加以论证，完成视频的录制与制作。"我心目中的体育"非标准化答案考试形式与要求如表 3-5 所示。

表 3-5 "我心目中的体育"非标准化答案考试形式与要求

考试形式与要求	详细说明
形式	个人视频
要求	（1）视频要求：3～6 分钟，个人出镜不少于 2 分钟。 （2）素材选取：聚焦主题，搜集整理影视、赛事、电视栏目的视频和图片，充分利用文献资料、实践采集、实践调研的数据。 （3）呈现形式：抖音视频、微课、说唱视频、演讲视频、朗诵视频等。 （4）制作原则：科学性原则、传播性原则、实用性原则、创新性原则

科学性、传播性、实用性和创新性 4 个原则的评价标准分为优秀、良好、中等和及格 4 个等级。"我心目中的体育"教师评价标准如表 3-6 所示。

表 3-6 "我心目中的体育"教师评价标准

评价标准	优秀（95 分）	良好（85 分）	中等（75 分）	及格（65 分）
定性评价标准	主题明确；素材创新；形式创新	主题明确；素材契合度高；形式契合度高	主题明确；素材基本符合；形式基本符合	主题明确；符合制作要求；无不当素材
定量评价标准	制作精细；画面清晰；情景真实；表达清楚；论证科学	以学生素材为主；以学生配音为主；论据充分客观；情景连贯完整；有一定的创新	画面较清晰；语言表达较清楚；素材真实客观；有一定的故事性；有一定的实用性	有一定的技术体现；有一定的传播语言；有一定的自制素材；有一定的逻辑结构；有一定的科学素材

从表 3-6 中的内容来看，教师评价标准优先进行定性评价，即先判断学生的视频内容是否符合考试要求，然后使用定量评价的方式进行打分。定性评价从主题选取、素材使用、形式设计 3 个角度进行判断，学生在 3 个方面同时满足的最高等级能够为学生提供一个定性评价分数。然后依据定量评价标准，每满足一条加 1 分，某一条存在明显问题扣 1 分。最终分数便是学生的非标准化答案考试得分。

第四章 "体育概论"课程实施过程性评价的数据采集

根据学生学习过程中的行为表现与相应活动评分，本研究分别采集学生线上与线下的行为表现记录。在线下学习过程中，利用过程性评价成绩记录档案袋记录学生在不同阶段、不同活动中所取得的成果产出数量，实现学生的学习过程可视化。线上数据主要利用 UClass 智慧教学平台及互动工具，采集贯通全流程的学情数据，并形成课堂学习报告，以及包括考勤、课堂活动、作业、单元测验、线上讨论在内的成绩单。最终，以"积分制"管理办法对学生的成果产出情况进行量化统计。通过线上线下数据的采集，实现课前、课中及课后全方位的学习过程监测，为学生学习的学业质量评价提供全方位、全过程的客观依据。

一、过程性评价"积分制"管理办法

当前，线上线下混合式课程多以结构式评价方法为主，学生的最终学业成绩由考勤成绩、作业成绩和期末考试成绩 3 个部分组成。考勤成绩包括学生出勤率与线上资源学习率等；作业成绩以日常书面作业为主；期末考试成绩则以知识测验的方式，对学生的知识学习效果进行综合评估。从形式上看，结构式评价利用部分在线教学平台的优势，扩大了学习过程的监测范围，帮助教师了解学生线下自主学习情况。但评价内容仍以知识学习情况为主，对学生的能力发展、价值塑造的关注仍然较少，无法精准地反映学生除知识学习外的其他成果。为改变这种考核方式，本研究研制了"积分制"课堂教学管理办法。

早在我国古代就已经将"积分制"管理办法用于教学管理，主要体现在古代官学考核制度中学生的学业成绩考核[1]。该方法改变了我国古代官学教学管理模糊不清的问题，使其逐步转向具体量化，提高了成绩考核的可靠性和可行性。随着时代的演变，"积分制"管理逐渐变为一门管理学说，以积分为虚拟鼓励工具，在"人本"思想下，利用加分或减分的形式量化员工的能力、行为及相关业绩等内容，

---

[1] 吴云鹏. 论宋元明清积分制的演变[J]. 吉林教育科学，2001（6）：62-65.

第四章 "体育概论"课程实施过程性评价的数据采集

将量化数据作为考核依据,并通过某种载体进行记录。这种制度通过捆绑员工个人利益与企业利益的方式激发员工的积极性,以此调动员工的潜力[①]。"积分制"管理办法能够更加公平地衡量个人价值,增强被评价人的自我认知能力。

基于此原理,"体育概论"将学生的平时成绩进行百分制计算,1次"优秀"记为10分,1次"良好"记为5分。同时,1次"不当行为"记-10分,1次"警告"记-5分。当学生连续累计4次"不当行为"时,将取消其考试资格。然而,当学生累计7次"优秀"时,过程性评价得分将记为满分100分。此外,1次"优秀"可以抵消1次"不当行为"。由此来计算学生的过程性评价得分。

为确保"积分制"管理办法的顺利实施,本研究设计了个人成绩记录档案。传统的档案袋评价法涉及学生的学习成果评价、学习过程评价、自我评价及教师的评价等。采用这种注重学习过程的评价方式,有助于教师更全面地了解学生的学习情况和学习进程,进而更好地完善教学方案,进一步满足学生的学习需求,实现教学质量的提高;也能够帮助学生了解自己的实际情况,让学生清楚自主学习对改变现状的作用及正确的改进方向[②]。在此基础上,本研究进行了改进,制定了过程性评价成绩记录档案袋,如图4-1所示,为每位学生的线下行为表现提供了可追溯的过程记录。

<table>
<tr><td colspan="21">过程性评价成绩记录档案袋
体育教育　　班　　第　　排</td></tr>
<tr><td rowspan="2">序号</td><td rowspan="2">姓名</td><td colspan="18">周次</td><td rowspan="2">总分</td></tr>
<tr><td>1</td><td>2</td><td>3</td><td>4</td><td>5</td><td>6</td><td>7</td><td>8</td><td>9</td><td>10</td><td>11</td><td>12</td><td>13</td><td>14</td><td>15</td><td>16</td><td>17</td><td>18</td></tr>
<tr><td>1</td><td></td><td></td><td></td><td></td><td></td><td></td><td></td><td></td><td></td><td></td><td></td><td></td><td></td><td></td><td></td><td></td><td></td><td></td><td></td><td></td></tr>
<tr><td>2</td><td></td><td></td><td></td><td></td><td></td><td></td><td></td><td></td><td></td><td></td><td></td><td></td><td></td><td></td><td></td><td></td><td></td><td></td><td></td><td></td></tr>
<tr><td>3</td><td></td><td></td><td></td><td></td><td></td><td></td><td></td><td></td><td></td><td></td><td></td><td></td><td></td><td></td><td></td><td></td><td></td><td></td><td></td><td></td></tr>
<tr><td>4</td><td></td><td></td><td></td><td></td><td></td><td></td><td></td><td></td><td></td><td></td><td></td><td></td><td></td><td></td><td></td><td></td><td></td><td></td><td></td><td></td></tr>
<tr><td>5</td><td></td><td></td><td></td><td></td><td></td><td></td><td></td><td></td><td></td><td></td><td></td><td></td><td></td><td></td><td></td><td></td><td></td><td></td><td></td><td></td></tr>
<tr><td>6</td><td></td><td></td><td></td><td></td><td></td><td></td><td></td><td></td><td></td><td></td><td></td><td></td><td></td><td></td><td></td><td></td><td></td><td></td><td></td><td></td></tr>
<tr><td>7</td><td></td><td></td><td></td><td></td><td></td><td></td><td></td><td></td><td></td><td></td><td></td><td></td><td></td><td></td><td></td><td></td><td></td><td></td><td></td><td></td></tr>
<tr><td>8</td><td></td><td></td><td></td><td></td><td></td><td></td><td></td><td></td><td></td><td></td><td></td><td></td><td></td><td></td><td></td><td></td><td></td><td></td><td></td><td></td></tr>
<tr><td>9</td><td></td><td></td><td></td><td></td><td></td><td></td><td></td><td></td><td></td><td></td><td></td><td></td><td></td><td></td><td></td><td></td><td></td><td></td><td></td><td></td></tr>
<tr><td>10</td><td></td><td></td><td></td><td></td><td></td><td></td><td></td><td></td><td></td><td></td><td></td><td></td><td></td><td></td><td></td><td></td><td></td><td></td><td></td><td></td></tr>
</table>

图4-1 "体育概论"过程性评价成绩记录档案袋

[①] 王烜,张扬. 人本思潮下的管理模式创新——"积分制"管理[J]. 湖北社会科学,2018(10):72-78.
[②] 钟启泉. 发挥"档案袋评价"的价值与能量[J]. 中国教育学刊,2021(8):67-71.

图 4-1 展示了学生课堂行为表现的记录方式。每节课的课堂行为表现都会被记录下来，横坐标表示学生上课的周次，纵坐标表示学生姓名。为方便记录，学生需要选择固定座位，并按照从左到右的顺序编码。一方面，针对课堂上学生的不当行为，如迟到、早退、睡觉、玩手机、聊天、不按时完成作业、不携带学习用品等，本研究制定了相应的扣分规则。1次"警告"记-5分，如未到课堂学习，记-10分，并标记为"叉号"，同时注明扣分项。另一方面，针对课堂上学生表现优秀的行为，包括单元测验、知识问答、个人作业、课后反思、课堂讨论、小组作业、即时课堂互动、课堂常规，优秀记10分，良好记5分，记分标记为"对号"或"半对号"，并注明加分项。最后，按"优秀"与"不当行为"相加减的原则进行计算，得到学生的平时成绩。

二、学生线上学习行为表现数据采集

本研究采用的授课形式为线上线下混合式教学。教师利用UClass智慧教学的电脑端发布教学活动，由学生在手机端小程序完成并提交。学生的学习行为、学习数据由UClass智慧教学自动同步并保存至云端。"体育概论"线上学习行为表现数据采集说明如表4-1所示。

表4-1 "体育概论"线上学习行为表现数据采集说明

采集数据	采集说明
学生签到数据	收集学生签到情况与出勤数据，作为学生"课堂规范"成果产出的评价依据，便于教师监督学生课堂行为
单元测验数据	收集学生"单元测验"分数作为该活动的评价依据，便于教师及时进行易错点、重难点讲解
课后反思数据	收集学生课后UClass反思讨论发布的内容，作为"课后反思"的评价依据，便于教师判断学生是否能够运用批判性思维看待问题、发现自身不足
个人作业数据	收集并保存学生的个人作业内容，作为"个人作业"的评价依据之一，便于教师判断学生在语言表达、价值塑造等方面的发展变化
小组作业数据	收集并保存学生的小组作业内容，作为"小组作业"的评价依据之一，便于教师判断学生在知识整合、小组合作交流等方面的能力变化

从表4-1中的内容来看，采集线上学习行为表现数据可以将学生学习过程中某些不易被察觉到的学习行为可视化，为学生学习过程提供评价依据，从而对学生进行客观的、公正的评价，提高评价的真实性与有效性。

三、学生线下学习行为表现数据采集

采集线下学习行为表现数据时，主要分为两个环节：一是学生课堂行为表现的数据采集环节，包括但不限于迟到、早退、睡觉、玩手机等不当行为的次数；二是教学活动的线下展示环节，与线上数据采集主要用于保存过程性评价证据不同，线下数据采集以记录学生的行为表现为主，包括即时互动、课堂讨论、知识问答、个人作业演讲、小组作业展示等环节。"体育概论"的线下学习活动数据采集说明如表 4-2 所示。

表 4-2 "体育概论"线下学习活动数据采集说明

采集数据	采集说明
课堂行为数据	收集学生课上的不当行为，作为"课堂常规"的评价依据，便于教师及时提醒学生，帮助学生进行自我管理
即时互动数据	收集学生参与教学活动的积分情况，作为"即时课堂互动"的评价依据，便于教师及时进行易错点、重难点讲解
课堂讨论数据	收集学生发布的线上讨论墙内容，作为"课堂讨论"的评价依据，便于教师及时了解学生在知识理解、语言表达、问题解决等多方面的能力变化
知识问答数据	收集学生的知识问答参与情况，作为"知识问答"的评价依据，便于教师及时进行易错点、重难点讲解
个人作业数据	收集学生的个人作业数据，作为"个人作业"的评价依据之一，便于教师及时了解学生在语言表达、价值塑造等方面的发展变化
小组作业数据	收集学生的小组作业数据，作为"小组作业"的评价依据之一，便于教师判断学生在知识整合、小组合作交流等方面的能力变化

从表 4-2 中的内容来看，收集线下学习活动数据的意义在于通过实践活动给予学生展示自身学习成果的机会与体现学习过程的机会。通过行为表现对学生进行评价，能够收集学生学习过程中不同方面的表现依据，确保评价目标和证据的一致性；强调让学生在学习实践中进行反思，以促进他们的有效学习；注重评价结果的反馈应用，及时给予学生质性评价，强化课程实施的成效评估等[1]。

---

[1] 张丽军，孙有平. 我国体育教育实习教师表现性评价范式与行动方案的确立[J]. 体育学刊，2022，29（6）：118-126.

第五章 "体育概论"课程学生学习效果的个性化反馈

在师范类专业认证的背景下,评价侧重于学生的学习成果产出,即通过学生的学习效果来进行反馈。本研究在此基础上,依据学生学习过程中的行为表现数据,分析学生行为表现观测指标之间的因果关系、相关关系,建立数学模型,为学生提供客观可见的学习效果反馈,并为每位学生在知识学习、能力发展和价值塑造方面提供个性化分析报告。

一、学生综合素养评价反馈方式

(一)指标权重

为促使学生及时发现知识学习、能力发展或价值塑造3个方面的自身缺陷,本研究针对教学活动的预期成果产出进行了权重分配。学生在取得相应的成果之后,可以依据对应的权重分配数值进行自我评价、自我改进。通过自主收集评价信息实现自我调节也是能够促进学生在学习过程中提高自主学习效率的方法之一[①]。

本研究的过程性评价的主要依据为学生的成果产出数量。学生通过任意教学活动累计获得 7 次"优秀",即为满分。将 Q 作为过程性评价中的"优秀"权重数值,即可得出"优秀"的权重计算公式为

$$Q = 100 \div 7 \tag{5-1}$$

通过公式 5-1 可知,在过程性评价中,单个"优秀"的分数占比约为 14.3%,即"优秀"的权重为 0.143。

(二)分数判断

在评价标准上,本研究结合过程性评价和非标准化答案考试综合计算学生的学业考核分数。其中,过程性评价主要依据学生的成果产出数量进行学业质量达

---

① STIGGINS R J. Improve assessment literacy outside of schools too[J]. Phi Delta Kappan, 2014, 96(2): 67-72.

成度分数计算：假设"优秀"数量（优秀数量减去不当行为数量）为 N，过程性评价分数为 O，当学生获得"优秀"的次数达到 7 次及以上即为满分。当"优秀"次数不足 7 次时，百分制下的过程性评价分数的计算公式为

$$O = N \cdot 0.143 \cdot 100 \tag{5-2}$$

通过公式 5-2 可以计算出过程性评价在百分制情况下学生的学业质量达成度得分。但在评价标准中，过程性评价在学生的学业成绩中占比 70%，因此在进行成绩总分的计算时，过程性评价分数计算公式为

$$O = N \cdot 0.143 \cdot 100 \cdot 0.7 \tag{5-3}$$

将学生的"优秀"数量代入公式 5-3，经过计算即可得出学生学业质量达成度的得分。

（三）区域划分

为提升学生自我评价能力和充分发挥学习效果反馈的作用，本研究根据布卢姆教学目标分类，将学生的成果产出按照权重的不同分为 5 个得分区域：不及格、及格、中等、良好、优秀。分别由低到高代表学生学业质量达成度的 60% 以下、60%~69%、70%~79%、80%~89%、90% 及以上。根据该区域划分标准，在过程性评价为百分制时，学生的综合素养学业质量达成度区域划分如表 5-1 所示。

表 5-1 综合素养学业质量达成度区域划分

等级	学业质量达成度区域/分	对应优秀次数/次
优秀	学业质量达成度≥90	$N \geq 7$
良好	80≤学业质量达成度<90	$N = 6$
中等	70≤学业质量达成度<80	$N = 5$
及格	60≤学业质量达成度<70	$4 < N < 5$
不及格	学业质量达成度<60	$N \leq 4$

从表 5-1 中的内容来看，学生需要在课程的学习过程中累计 4 次以上的"优秀"才可及格，即最少需要 4 次"优秀"及 1 次"良好"。

（四）相应评语

依据综合素养达成度的区域划分，本研究为每个等级都设置了相应的评语：不及格代表学生综合能力提升不大，尚未形成体育学原理的认识角度、思维方式及知识结构，所获成果无法体现出学生的个人思想及体育价值观念；及格代表学

生在综合能力方面已有较小的提升,能够应对一些简单的实际问题,在学习理解阶段已经小有成就;中等代表学生在综合能力方面已有较为明显的提升,能够对所学知识进行应用实践,可以通过不断挑战自我获取更多的成果;良好代表学生的学科知识体系已逐渐成形,正处于由应用实践向迁移创新进步的阶段;优秀代表学生的学科知识体系已较为完整,能够轻松地将所学知识、能力进行迁移创新,解决不同领域的实际问题。综合素养评价反馈相应评语如表 5-2 所示。

表 5-2 综合素养评价反馈相应评语

目标	等级	评语
综合素养	优秀	学业质量达成度≥90 分,说明你的师德规范、教育情怀、体育学科核心素养、教学能力、科研能力、沟通合作能力、实践创新能力及综合育人能力得到十分有效的提升,很好地形成了体育学原理的认识角度、思维方式及知识结构,能够非常系统地分析解释、说明论证体育教学、科学健身和训练竞赛领域的一些实际问题。希望在今后的学习中能够一如既往地自尊自信、自强自立,不断超越自我、实现自我
	良好	80 分≤学业质量达成度<90 分,说明你的师德规范、教育情怀、体育学科核心素养、教学能力、科研能力、沟通合作能力、实践创新能力及综合育人能力得到进一步的提升,较好地形成了体育学原理的认识角度、思维方式及知识结构,能够比较系统地分析解释、说明论证体育教学、科学健身和训练竞赛领域的一些实际问题。希望在今后的学习中能够养成乐学善学、勤于思考、勇于探究的学习态度,不断尝试深度学习,强化自主探究能力、教学能力、沟通合作能力和实践创新能力
	中等	70 分≤学业质量达成度<80 分,说明你的师德规范、教育情怀、体育学科核心素养、教学能力、科研能力、沟通合作能力、实践创新能力及综合育人能力有所提升,初步形成了体育学原理的认识角度、思维方式及知识结构,能够分析解释、说明论证体育教学、科学健身和训练竞赛部分领域的一些实际问题。希望在今后的学习中能够积极进取,不畏苦难,勇于挑战自我,进一步提升自主探究能力、教学能力、沟通合作能力和实践创新能力
	及格	60 分≤学业质量达成度<70 分,说明你的师德规范、教育情怀、体育学科核心素养、教学能力、科研能力、沟通合作能力、实践创新能力及综合育人能力有一定的提升,基本形成了体育学原理的认识角度、思维方式及知识结构,能够分析解释、说明论证体育教学、科学健身和训练竞赛个别领域的一些实际问题。希望在今后的学习中能够端正学习态度,积极进取,克服困难,提升学习参与度和学习投入度,尝试提升自主探究能力、教学能力、合作沟通能力和实践创新能力

续表

目标	等级	评语
综合素养	不及格	学业质量达成度<60分，说明你的师德规范、教育情怀、体育学科核心素养、教学能力、科研能力、沟通合作能力、实践创新能力及综合育人能力提升不大，尚未形成体育学原理的认识角度、思维方式及知识结构。希望在今后的学习中能够正视自身问题，端正学习态度，积极面对困难，提升学习参与度和投入度，加强自我管理

从表5-2中的内容来看，通过判断学生的学业质量达成度，赋予学生不同的综合素养评语，能够加强学生的自我认知，让学生了解自身的成果产出情况与不足之处，为学生后续课程的学习提供改进依据。

二、学生知识学习效果反馈方式

（一）指标权重

本研究在进行知识学习目标的权重分配时，主要依据教学活动的内容设置、预期成果产出的数量及领域专家意见进行权重数值的分配。知识学习目标权重划分如表5-3所示。

表5-3 知识学习目标权重划分

教学活动	知识学习成果产出	权重
单元测验	（1）辨识记忆"体育概论"基础理论知识。 （2）初步形成"体育概论"学科知识结构	0.500
知识问答	（1）辨识记忆"体育概论"基础理论知识。 （2）概括关联"体育概论"基础理论知识	0.400
个人作业	（1）说明论证"体育概论"基础理论知识。 （2）整合应用"体育概论"基础理论知识	0.250
课后反思	整合应用"体育概论"基础理论知识	0.200
课堂讨论	（1）整合应用"体育概论"基础理论知识。 （2）说明论证"体育概论"基础理论知识	0.400
小组作业	（1）说明论证"体育概论"基础理论知识。 （2）初步形成"体育概论"学科知识结构	0.250
即时课堂互动	（1）概括关联"体育概论"基础理论知识。 （2）辨识记忆"体育概论"基础理论知识	0.400
课堂常规	无	0.000

从表 5-3 中的内容来看，单元测验主要检验学生的基础知识理解情况，活动内容以基础理论相关题型为主，涉及应用实践与迁移创新的内容较少。因此更加侧重于发展学生的学习理解能力，知识学习目标的权重分配数值较大。

知识问答、即时课堂互动两个教学活动相比单元测验增加了部分解释说明、迁移创新题目，是学生由学习理解阶段向应用实践阶段进步的重要环节，因此在创设活动时，也较为关注学生的学习理解能力。课堂讨论的活动内容以解决实际问题为主，但该活动所需要的分析判断、推理预测能力要求学生在理解知识内容的基础上，能够对其讨论内容进行科学的论证。因此该活动也是学生由学习理解阶段向应用实践阶段进步的重要环节。以上 3 个教学活动需要同时考虑知识学习目标与能力发展目标的权重，因此知识学习目标的权重分配数值低于单元测验。

除此之外，个人作业、课后反思与小组作业 3 个活动对学生的基础知识并未有直接的要求，因此知识学习目标的权重分配数值较低。课堂常规只记录学生日常行为表现，无法体现学生的知识学习成果产出，因此该活动并未进行知识学习目标权重分配。

（二）分数判断

在进行知识学习达成度的分数计算时，主要依据学生在教学活动中获得的成果产出与教学活动所对应的知识学习目标权重进行计算。以单个活动为例，假设学生在"单元测验"中获得 1 次"优秀"，该活动的知识学习权重为 0.500，即该学生的知识学习目标百分制得分为 50 分。

若将知识学习目标得分设为 X，"优秀"数量设为 N，"单元测验"活动序号设为 1，则该活动的知识学习目标得分公式为

$$X_1 = 100 \cdot N \cdot 0.500 \tag{5-4}$$

依据单个教学活动的权重进行转换，最终知识学习目标的总达成度得分公式为

$$X = (X_1 + X_2 + X_3 + \cdots + X_8) \cdot 0.143 \tag{5-5}$$

将各个教学活动的成果数量代入公式 5-5，经过计算即可得出学生知识学习目标的达成度得分。

(三)区域划分

知识学习达成度的区域划分理念与综合素养学业质量达成度的区域划分理念相同。将所有教学活动的权重相加,可得到教学活动目标的总权重为 8。将所有教学活动的知识学习目标权重相加,即可得到知识学习目标的总权重为 2.4,在教学活动的总权重中占比为 30.00%。最终,将知识学习目标的总权重占比与 5 个得分区域的范围进行计算后,得出知识学习达成度区域划分,如表 5-4 所示。

表 5-4 知识学习达成度区域划分

项目	内容
目标	知识学习
总权重	2.40
百分制占比/%	30.00
等级	优秀
	良好
	中等
	及格
	不及格
达成度区域(分数/分)	知识学习达成度≥27.00
	24.00≤知识学习达成度<27.00
	21.00≤知识学习达成度<24.00
	18.00≤知识学习达成度<21.00
	知识学习达成度<18.00

通过公式 5-5 可以得出学生的知识学习达成度分数,将该分数与表 5-4 中所提供的分数区域进行对照,可以对学生在课程学习中所掌握的知识学习成果进行等级评定。

(四)相应评语

依据知识学习达成度的区域划分,本研究为每个等级都设置了相应的评语:不及格代表学生对"体育概论"基础理论知识的学习理解还不足,需要在学习理解阶段继续努力;及格代表学生对"体育概论"基础理论知识有了简单的学习理解,正在向应用实践阶段发展;中等代表学生对"体育概论"基础理论知识的理解已经较为成熟，能够利用其进行应用实践；良好代表学生对"体育概论"基础理论知识的学习理解已经能够构成简单的学科知识体系，正在向迁移创新阶段发展；优秀代表学生对"体育概论"基础理论知识的学习的理解已经较为系统，能够系统地运用知识解决一些实际问题。

综上所述，知识学习目标的评语旨在为学生提供总结性的效果反馈，帮助学生更好地进行自我反思。知识学习效果反馈相应评语如表 5-5 所示。

表 5-5　知识学习效果反馈相应评语

目标	等级	评语
知识学习	优秀	知识学习达成度≥27.00 分，说明体育学科核心素养得到十分有效的提升，对"体育概论"基础理论知识的学习理解达到系统的辨识记忆、概括关联及说明论证的水平，很好地形成了体育学原理的认识角度、思维方式及知识结构。其中，如果在单元测验、知识问答、即时课堂互动活动中获得优秀数量相对较多，那么说明你具有很好的辨识记忆和概括关联知识的能力，但知识运用、说明论证和迁移创新能力仍有待提升。如果在课堂讨论、课后反思、个人作业、小组作业和非标准化答案考试中获得优秀数量相对较多，那么说明你能够系统地整合知识、运用知识，以及分析判断、说明论证、推理预测、系统探究体育教学、健身指导和训练竞赛领域的一些实际问题
	良好	24.00 分≤知识学习达成度<27.00 分，说明体育学科核心素养得到进一步的提升，对"体育概论"基础理论知识的学习理解达到比较系统的辨识记忆、概括关联及说明论证的水平，较好地形成了体育学原理的认识角度、思维方式及知识结构。其中，如果在单元测验、知识问答、即时课堂互动活动中获得优秀数量相对较多，那么说明你具有较好的辨识记忆和概括关联知识的能力，但知识运用、说明论证和迁移创新能力仍有待提升。如果在课堂讨论、课后反思、个人作业、小组作业和非标准化答案考试中获得优秀数量相对较多，那么说明你能够比较系统地整合知识、运用知识，以及分析判断、说明论证、推理预测、系统探究体育教学、健身指导和训练竞赛领域的一些实际问题

第五章 "体育概论"课程学生学习效果的个性化反馈

续表

目标	等级	评语
知识学习	中等	21.00 分≤知识学习达成度<24.00 分，说明体育学科核心素养有所提升，对"体育概论"基础理论知识的学习理解达到系统的辨识记忆、概括关联及说明论证的水平，基本形成了体育学原理的认识角度、思维方式及知识结构。其中，如果在单元测验、知识问答、即时课堂互动中获得优秀数量相对较多，那么说明你基本具备辨识记忆和概括关联知识的能力，但知识运用、说明论证和迁移创新能力相对薄弱，需要在今后的学习中引起重视。如果在课堂讨论、课后反思、个人作业、小组作业和非标准化答案考试中有一定数量的优秀，那么说明你能够系统地整合知识、运用知识，以及分析判断、说明论证、推理预测、系统探究体育教学、健身指导和训练竞赛领域中的一些实际问题
	及格	18.00 分≤知识学习达成度<21.00 分，说明体育学科核心素养有一定的提升，对"体育概论"基础理论知识的学习理解基本达到辨识记忆、概括关联及说明论证的水平，有一定的体育学原理的认识角度、思维方式及知识结构。其中，如果在单元测验、知识问答、即时课堂互动活动中有一定数量的优秀，那么说明你有一定的辨识记忆和概括关联知识的能力，但知识运用、说明论证和迁移创新能力相对薄弱，需要在今后的学习中引起重视。如果在课堂讨论、课后反思、个人作业、小组作业和非标准化答案考试中有一定数量的优秀，那么说明你在体育教学、健身指导和训练竞赛中的某个领域具备一定的整合知识、运用知识的能力，在今后的学习中，需要进一步拓展专业认知的广度和深度
	不及格	知识学习达成度<18.00 分，说明体育学科核心素养提升不大，对"体育概论"基础理论知识的学习理解尚未达到辨识记忆、概括关联及说明论证的水平，体育学原理的认识角度、思维方式及知识结构尚未形成。在今后学习中需要积极参与课堂教学，认真听课，按要求完成课后学习任务。其中，如果在单元测验、知识问答、即时课堂互动活动中有一定数量的优秀，那么说明你有一定的辨识记忆和概括关联知识的能力，但知识运用、说明论证和迁移创新能力相对薄弱，需要在今后的学习中引起重视。如果在课堂讨论、课后反思、个人作业、小组作业和非标准化答案考试中有一定数量的优秀，那么说明你在体育教学、健身指导和训练竞赛中的某个领域具备一定的整合知识、运用知识的能力

从表 5-5 中的内容来看，通过判断学生的知识学习达成度，赋予学生不同的知识学习评语，能够加强学生对自身知识掌握情况的认知，让学生了解自身在该方面的成果产出情况与不足之处，为学生后续课程的学习提供改进依据。

三、学生能力发展效果反馈方式

（一）指标权重

本研究在进行能力发展目标的权重分配时，主要依据教学活动的内容设置、预期成果产出的数量及领域专家意见进行权重数值的分配。能力发展目标权重划分如表 5-6 所示。

表 5-6　能力发展目标权重划分

教学活动	能力发展成果产出	权重
单元测验	表现出自主学习、自主探究和自律自治的自我管理能力	0.250
知识问答	（1）表现出分析判断、解释说明问题的能力。 （2）表现出实践应用、迁移创新知识的能力。	0.400
个人作业	（1）表现出多维视角分析解释问题的能力。 （2）表现出解决复杂问题的实践创新能力。 （3）表现出现代信息技术学习与应用能力	0.375
课后反思	（1）表现出多维视角分析解释问题的能力。 （2）表现出解决复杂问题的实践创新能力	0.400
课堂讨论	（1）表现出分析判断、解释说明问题的能力。 （2）表现出实践应用、迁移创新知识的能力。	0.400
小组作业	（1）表现出沟通协作、解决问题的能力。 （2）表现出组织协调、决策策划的能力。 （3）表现出组织管理、教育教学的能力。 （4）表现出系统探究、实践创新的能力	0.500
即时课堂互动	（1）表现出分析判断、解释说明问题的能力。 （2）表现出知识应用、迁移创新知识的能力	0.400
课堂常规	表现出自律自治的自我管理能力	0.250

从表 5-6 中的内容来看，每个活动在能力发展方面的侧重都有所不同。例如，单元测验活动形式较为常见，虽然完成测验并取得良好成绩要求学生在课前进行自主学习、自主探究，测验的规则也要求学生必须具备自律自治的自我管理能力，

但测验内容仍然以知识学习效果为主,因此该活动在能力发展目标上的权重分配数值相对低于知识学习目标。小组作业为学生创设了实践探究活动,学生需要在小组内进行合作交流,同时探究实践问题并得出结论,这样能够促进学生的探究能力和沟通协作能力的提升。另外,学生在实践过程中展现出的个人的决策、教学、创新能力能够为自身带来较为全面的能力发展成果产出,是学生从应用实践向迁移创新阶段进步的重要环节,因此该活动在能力发展目标上的权重分配数值较高。知识问答、课堂讨论与即时课堂互动主要帮助学生利用知识分析问题、解决问题,与学生的学习理解能力息息相关,因此这3个活动在能力发展目标的权重分配与知识学习目标的权重分配数值相同。课后反思与个人作业更加注重学生通过活动表达出个人的观点,但在迁移创新的过程中,分析解释与实践创新是学生达到成果产出标准的必备能力,因此在进行能力发展目标的权重分配时,略微高于知识学习目标的权重数值。

除此之外,课堂常规能够体现学生的行为表现,其成果产出的数量与学生的自我管理能力有着较为密切的关联,但该活动更多体现的是学生的价值塑造成果,因此在进行权重分配时,赋予能力发展目标较低的数值。

(二)分数判断

能力发展达成度的分数计算原理与知识学习达成度相同,若将能力发展目标得分设为 Y,"优秀"数量设为 N,"单元测验"活动序号设为 1,则该活动的能力发展目标得分公式为

$$Y_1 = 100 \cdot N \cdot 0.250 \quad (5\text{-}6)$$

依据单个教学活动的权重进行转换后的能力发展目标的总达成度得分公式为

$$Y = (Y_1 + Y_2 + Y_3 + \cdots + Y_8) \cdot 0.143 \quad (5\text{-}7)$$

将各个教学活动的成果数量代入公式 5-7,经过计算即可得出学生能力发展目标的达成度得分。

(三)区域划分

能力发展达成度的区域划分理念与知识学习达成度的区域划分理念相同。将所有教学活动的能力发展目标权重相加,即可得到能力发展目标的总权重为 2.975,在教学活动的总权重中占比约为 37.00%。最终,将能力发展目标的总权重

占比与 5 个得分区域的范围进行计算后，得出能力发展达成度区域划分，如表 5-7 所示。

表 5-7　能力发展达成度区域划分

项目	内容
目标	能力发展
总权重	2.975
百分制占比/%	37.00
等级	优秀
	良好
	中等
	及格
	不及格
达成度区域（分数/分）	能力发展达成度≥33.30
	29.60≤能力发展达成度<33.30
	25.90≤能力发展达成度<29.60
	22.20≤能力发展达成度<25.90
	能力发展达成度<22.20

通过公式 5-7 可以得出学生的能力发展达成度分数，将该分数与表 5-7 中所提供的分数区域进行对照，可以对学生在课程学习中所掌握的能力发展成果进行等级评定。

（四）相应评语

依据能力发展达成度的区域划分，本研究为每个等级都设置了相应的评语：不及格代表学生的综合能力提升较小，需要从自我管理能力开始逐步提升；及格代表学生的综合能力有了一定的提升，但也存在较为明显的不足之处，需要在今后的学习中取长补短，继续努力；中等代表学生的综合能力提升较为均衡，但缺乏较为突出的能力；良好代表学生的综合能力提升较为明显，已经能够展现出一定的研究能力和创新能力；优秀代表学生的综合能力提升十分明显，各方面的能力都较为突出，且表现较好。能力发展效果反馈相应评语如表 5-8 所示。

第五章 "体育概论"课程学生学习效果的个性化反馈

表 5-8 能力发展效果反馈相应评语

目标	等级	评语
能力发展	优秀	能力发展达成度≥33.30分,说明你的教学能力、沟通合作能力、组织策划能力、研究能力、实践创新能力及综合育人能力得到十分有效的提升。其中,如果在单元测验、知识问答、即时课堂互动和课堂常规活动中获得优秀数量相对较多,那么说明你具有很好的自我管理、分析判断和解释说明能力。如果在课堂讨论、课后反思、个人作业、小组作业和非标准化答案考试中获得优秀数量相对较多,那么说明你具有很好的自主探究能力、信息技术应用能力、组织策划能力和沟通合作能力,并能够在体育教学、科学健身和训练竞赛领域中表现出很好的研究能力和实践创新能力
	良好	29.60分≤能力发展达成度<33.30分,说明你的教学能力、沟通合作能力、组织策划能力、研究能力、实践创新能力及综合育人能力得到进一步的提升。其中,如果在单元测验、知识问答、即时课堂互动和课堂常规活动中获得优秀数量相对较多,那么说明你具有较好的自我管理、分析判断和解释说明能力。如果在课堂讨论、课后反思、个人作业、小组作业和非标准化答案考试中获得优秀数量相对较多,那么说明你具有较好的自主探究能力、信息技术应用能力、组织策划能力和沟通合作能力,并能够在体育教学、科学健身和训练竞赛领域中表现出较好的研究能力和实践创新能力
	中等	25.90分≤能力发展达成度<29.60分,说明你的教学能力、沟通合作能力、组织策划能力、研究能力、实践创新能力及综合育人能力有所提升。其中,如果在单元测验、知识问答、即时课堂互动和课堂常规活动中获得优秀数量相对较多,那么说明你具有一定的自我管理、分析判断和解释说明能力。如果在课堂讨论、课后反思、个人作业、小组作业和非标准化答案考试中获得一定数量的优秀,那么说明你具有一定的自主探究能力、信息技术应用能力、组织策划能力和沟通合作能力,并能够在体育教学、科学健身和训练竞赛某个领域中表现出一定的研究能力和实践创新能力

续表

目标	等级	评语
能力发展	及格	22.20 分≤能力发展达成度<25.90 分,说明你的教学能力、沟通合作能力、组织策划能力、研究能力、实践创新能力及综合育人能力有一定的提升。其中,如果在单元测验、知识问答、即时课堂互动和课堂常规活动中有一定数量的优秀,那么说明你在自我管理、分析判断、解释说明能力的某些方面表现突出,但也存在不足之处,需要在今后的学习中取长补短,全面提升个人能力。如果在课堂讨论、课后反思、个人作业、小组作业和非标准化答案考试中获得一定数量的优秀,那么说明你具有一定的信息技术应用能力、组织策划能力和沟通合作能力,但研究能力和实践创新能力不足,需要在今后学习中加强勤学反思,敢于质疑批判和推理预测
	不及格	能力发展达成度<22.20 分,说明你的教学能力、沟通合作能力、组织策划能力、研究能力、实践创新能力及综合育人能力提升不大。在今后学习中需要加强自律自治,提升自我管理能力,积极主动参与专业课程实践教学活动,进一步提升教学能力、科研能力、组织策划能力、协调沟通能力及实践创新能力

从表 5-8 中的内容来看,通过判断学生的能力发展达成度,赋予学生不同的能力发展评语,能够加强学生对自身能力发展情况的认知,让学生了解自身在该方面的成果产出情况与不足之处,为学生后续课程的学习提供改进依据。

四、学生价值塑造效果反馈方式

(一)指标权重

本研究在进行价值塑造目标的权重分配时,主要依据教学活动的内容设置、预期成果产出的数量及领域专家意见进行权重数值的分配。价值塑造目标权重划分如表 5-9 所示。

表 5-9　价值塑造目标权重划分

教学活动	价值塑造成果产出	权重
单元测验	表现出遵守考试纪律、诚实守信的行为规范	0.250
知识问答	表现出乐学善学、勤于反思、勇于探索的学习态度	0.200

续表

教学活动	价值塑造成果产出	权重
个人作业	（1）表现出乐学善学、勤于反思的学习态度。 （2）表现出不畏困难、勇于探究的科学精神。 （3）表现出精益求精、追求卓越的价值观念	0.375
课后反思	（1）表现出乐学善学、勤于反思、勇于探索的学习态度。 （2）表现出敢于质疑、勤于反思的科学精神	0.400
课堂讨论	培养乐学善学、勤于反思、勇于探索的学习态度	0.200
小组作业	（1）表现出团结奋进的集体荣誉感和责任心。 （2）表现出无私奉献、志愿服务的社会公德心	0.250
即时课堂互动	表现出乐学善学、勤于反思、勇于探索的学习态度	0.200
课堂常规	（1）表现出遵守规则、诚实守信的行为规范。 （2）表现出尊师重教、尊重他人的良好品德。 （3）表现出积极向上、认真负责的学习态度	0.750

从表 5-9 中的内容来看，以价值塑造成果产出为主的教学活动较少。其中，课堂常规是权重分配数值最大的活动，主要原因在于学生的行为表现受价值观念、思想品德的影响，通过课堂常规的成果产出可以观察一位学生是否具备师范类专业学生发展过程中的必备品格。课后反思与个人作业可以通过学生所表达出的个人观点发现学生所展现出的品格，判断学生是否具备价值塑造的相应成果。考虑到学生不仅需要在活动中展现出必备品格，还需要展现出一定的关键能力，两者的重要程度相近，因此为这两个活动的能力发展目标与价值塑造目标赋予相同的权重数值。

小组作业虽然要求学生具有一定的集体荣誉感及社会公德心，但其产出条件受学生的能力表现影响。只有学生顺利完成小组作业，并在实践活动中获得相应成果，相应的品格才得以呈现。因此该活动的价值塑造目标权重数值较低。其他活动在价值塑造方面的成果产出较为相似，基本以乐学善学、勤于反思、勇于探索的学习态度为主，内容与表现形式皆较为单一，因此在价值塑造目标上的权重分配数值较低。

（二）分数判断

价值塑造达成度的分数计算原理也与知识学习达成度、能力发展达成度相同。若将价值塑造目标得分设为 Z，"优秀"数量设为 N，"单元测验"活动序号设为 1，则该活动的价值塑造目标得分公式为

$$Z_1 = 100 \cdot N \cdot 0.250 \quad (5\text{-}8)$$

按照"优秀"占比转换后的价值塑造目标的总达成度得分公式为

$$Z = (Z_1 + Z_2 + Z_3 + \cdots + Z_8) \cdot 0.143 \quad (5\text{-}9)$$

将各个教学活动的成果数量代入公式 5-9，经过计算即可得出学生价值塑造目标的达成度得分。

（三）区域划分

价值塑造达成度的区域划分理念与知识学习达成度、能力发展达成度的区域划分理念相同。将所有教学活动的价值塑造目标权重相加，即可得到价值塑造目标的总权重为 2.625，在教学活动的总权重中占比约为 33.00%。最终，将价值塑造目标的总权重占比与 5 个得分区域的范围进行计算后，得出价值塑造达成度区域划分，如表 5-10 所示。

表 5-10　价值塑造达成度区域划分

项目	内容
目标	价值塑造
总权重	2.625
百分制占比/%	33.00
等级	优秀
	良好
	中等
	及格
	不及格
达成度区域（分数/分）	价值塑造达成度≥29.70
	26.40≤价值塑造达成度<29.70
	23.10≤价值塑造达成度<26.40
	19.80≤价值塑造达成度<23.10
	价值塑造达成度<19.80

通过公式 5-9 可以得出学生的价值塑造达成度分数，将该分数与表 5-10 中所提供的分数区域进行对照，可以对学生在课程学习中所掌握的价值塑造成果进行等级评定。

（四）相应评语

依据价值塑造达成度的区域划分，本研究为每个等级都设置了相应的评语：

不及格代表学生需要在今后学习中端正学习态度，提升职业认同度及教师责任感和使命感，积极主动参与教学活动；及格代表学生已经具备一些必备品格，但仍有部分内容没有体现，需要后续改进；中等代表学生所展现出的必备品格没有明显的缺失，但也没有特别突出的地方；良好代表学生所展现出的必备品格已经能够较好地满足价值塑造目标的要求；优秀代表学生已经能够满足价值塑造目标的要求，各方面的表现都很好。价值塑造效果反馈相应评语如表 5-11 所示。

表 5-11 价值塑造效果反馈相应评语

目标	等级	评语
价值塑造	优秀	价值塑造达成度≥29.70 分，说明你的师德规范、教育情怀得到十分有效的提升。其中，如果在单元测验、知识问答、即时课堂互动和课堂常规活动中获得优秀数量相对较多，那么说明你学习态度端正、积极主动、乐学善学，能够很好地做到诚实守信、遵守规则、尊师重教，具有高度的责任感和职业认同度。如果在课堂讨论、课后反思、个人作业、小组作业和非标准化答案考试中获得优秀数量相对较多，那么说明你具有很好的勤于反思、敢于质疑、精益求精、追求卓越、勇于探究和团队协作的科学精神，以及无私奉献、志愿服务、不畏困难的精神
	良好	26.40 分≤价值塑造达成度<29.70 分，说明你的师德规范、教育情怀得到进一步的提升。其中，如果在单元测验、知识问答、即时课堂互动和课堂常规活动中获得优秀数量相对较多，那么说明你学习态度端正、积极主动、乐学善学，能够较好地做到诚实守信、遵守规则、尊师重教，具有较高的责任感和职业认同度。如果在课堂讨论、课后反思、个人作业、小组作业和非标准化答案考试中获得优秀数量相对较多，那么说明你具有较好的勤于反思、敢于质疑、精益求精、追求卓越、勇于探究和团队协作的科学精神，以及无私奉献、志愿服务、不畏困难的精神
	中等	23.10 分≤价值塑造达成度<26.40 分，说明你的师德规范、教育情怀有所提升。其中，如果在单元测验、知识问答、即时课堂互动和课堂常规活动中获得一定数量的优秀，那么说明你基本能够做到诚实守信、遵守规则、尊师重教，具有一定的责任感和职业认同度，但参与度和投入度还不够，需要在今后学习中端正学习态度，积极主动参与教学。如果在课堂讨论、课后反思、个人作业、小组作业和非标准化答案考试中获得一定数量的优秀，那么说明你基本具备勤于反思、敢于质疑、精益求精、追求卓越、勇于探究和团队协作的科学精神，以及无私奉献、志愿服务、不畏困难的精神

续表

目标	等级	评语
价值塑造	及格	19.80 分≤价值塑造达成度<23.10 分，说明你的师德规范、教育情怀有一定的提升。其中，如果在单元测验、知识问答、即时课堂互动和课堂常规活动中获得一定数量的优秀，那么说明你在诚实守信、遵守规则、尊师重教及责任感和职业认同感的某些方面有一定的体现，但个别方面存在明显不足，需要在今后学习中端正学习态度，提升职业认同度及责任感和使命感，积极主动参与教学实践。如果在课堂讨论、课后反思、个人作业、小组作业和非标准化答案考试中获得一定数量的优秀，那么说明你在勤于反思、敢于质疑、精益求精、追求卓越、勇于探究和团队协作的科学精神，以及无私奉献、志愿服务、不畏困难的精神等方面有一定的体现，但个别方面存在明显不足，需要在今后学习中不畏苦难，勤学反思，敢于质疑批判，勇于探究
	不及格	价值塑造达成度<19.80 分，说明你的师德规范、教育情怀提升不大。其中，如果在单元测验、知识问答、即时课堂互动和课堂常规活动中获得一定数量的优秀，那么说明你在诚实守信、遵守规则、尊师重教及责任感和职业认同感的某些方面有一定的体现，但个别方面存在明显不足，需要在今后学习中端正学习态度，提升职业认同度及责任感和使命感，积极主动参与教学。如果在课堂讨论、课后反思、个人作业、小组作业和非标准化答案考试中获得一定数量的优秀，那么说明你在勤于反思、敢于质疑、精益求精、追求卓越、勇于探究和团队协作的科学精神，以及无私奉献、志愿服务、不畏困难的精神等方面有一定的体现，但个别方面存在明显不足，需要在今后学习中注重勤学反思，敢于质疑批判，不畏苦难，勇于探究

从表 5-11 中的内容来看，通过判断学生的价值塑造达成度，赋予学生不同的价值塑造评语，能够加强学生对自身价值塑造的认知，让学生了解自身在该方面的成果产出情况与不足之处，为学生后续课程的学习提供改进依据。

第六章 "体育概论"课程实施过程性评价的行动研究

为更好地验证"体育概论"课程实施过程性评价的可行性与科学性，本研究以河南大学体育学院体育教育专业的学生为研究对象，开展5轮"体育概论"课程行动研究。同时以其中两轮行动研究为例，详细展示其中的实施概况、评价标准效果、教学活动效果、反馈方式效果及不足与改进过程，以期为相关领域的课程改革提供参考与借鉴。

一、第一轮行动研究实施

本研究在产出导向理论的指导下，从课程性质出发，依据师范类专业认证"学生中心、产出导向、持续改进"的基本理念，重新制定了"体育概论"的知识、能力与价值目标。同时根据课程目标，分析学生在学习理解、应用实践和迁移创新3个阶段的不同特点，为学生制定行为表现监测点，创设了单元测验、知识问答、个人作业、课后反思、课堂讨论、小组作业、即时课堂互动与课堂常规8个教学活动，通过"积分制"管理办法采集学生的行为表现数据，并建设数学模型，旨在准确反映学生学习的学业质量，赋予学生知识学习、能力发展与价值塑造等方面的个性化学习反馈报告。

（一）行动研究实施概况

第一轮行动研究以河南大学体育学院2021级体育教育专业2班、5班为研究对象，共计45位学生。自2021年9月正式开始，至2022年1月结束。历经一学期的行动研究检验，在"体育概论"授课过程中进行教学观察、教学记录与教学反思，通过分析过程性评价模式的实施效果，得出第一轮行动研究的分析报告。

（二）评价标准效果分析

第一轮行动研究将过程性评价和非标准化答案考试相结合，用于量化学生的学业成绩。第一轮行动研究得分结果如表6-1所示。

表 6-1　第一轮行动研究得分结果

学业质量达成度区域/分	人数/人	占比/%
学业质量达成度≥90	30	66.67
80≤学业质量达成度<90	7	15.55
70≤学业质量达成度<80	1	2.22
60≤学业质量达成度<70	3	6.67
学业质量达成度<60	4	8.89

从表 6-1 中的第一轮行动研究得分结果来看，本轮行动研究未出现学业成绩满分的学生。达成学业成绩满分要求学生在过程性评价与非标准化答案考试两项中均获满分，但本轮行动研究中学生的非标准化答案考试分数集中在 83~87 分。从得分区域特征来看，学业质量达成度得分在 90 分及以上的学生均在过程性评价中获得了 7 次及 7 次以上的"优秀"，按照非标准化答案考试 30%的分数占比进行计算，83~87 分的非标准化答案考试分数仅占 24.9~26.1 分，对学生的分数影响较小。

结合其他得分区域的学生特征进行分析，学生在过程性评价中获得的优秀数量每减少一个，学生的学业质量达成度得分便会降低一个区域。由此可见，该评价标准更加倾向于过程性评价，非标准化答案考试的影响较弱，学生更加重视学习过程中的成果产出。

（三）教学活动效果分析

依据课程目标，第一轮行动研究结合教材内容创设并实施了 8 个教学活动。具体的成果产出情况如表 6-2 所示。

表 6-2　第一轮行动研究成果产出情况

教学活动	获得成果人数/人
单元测验	3
知识问答	32
个人作业	24
课后反思	0
课堂讨论	0
小组作业	45
即时课堂互动	44
课堂常规	37

第六章 "体育概论"课程实施过程性评价的行动研究

从表 6-2 中的第一轮行动研究的成果产出情况来看,知识问答、个人作业、小组作业、即时课堂互动及课堂常规都能够较好地反映出学生的成果产出情况,活动进行较为顺利。

通过线上数据采集、课堂观察记录表与课后学生访谈可以了解到以下内容。

（1）在单元测验活动中,大部分学生在基础知识记忆方面都能够取得较好的表现,但辨识记忆类的题目错误率较高,如多选题部分选项存在易混淆的可能性,相比单选题难度更大,获得满分的难度较高,第一轮行动研究中仅有一位学生达到了优秀评价标准。

（2）课后反思活动存在部分学生反思内容同质化的问题,且未出现学生追评、相互评价、分享学习资源的情况。该活动中行为表现较为突出的学生可以做到发表自身观点、搜集案例进行论证,但大部分学生的主动性不足,评价能力与反思能力都缺乏行为表现,无法达到成果产出的评价标准。

（3）课堂讨论给予大部分学生发表个人观点的机会,学生通过该活动所表现出的积极性较强。但从学生的行为表现来看,仅有少部分学生能够选择合适的论据进行阐述,所发布的创新内容与教学组织内容主观性较强,缺乏理论依据。依据该活动的成果产出评价标准,大部分学生的行为表现仅满足累计课堂互动积分的标准。

通过对第一轮行动研究的教学活动结果进行分析,可以发现：在学生成果产出数量较多的教学活动中,个人作业与课堂常规主要以价值塑造目标的预期成果产出为主；小组作业以能力发展目标的预期成果产出为主；知识问答与即时课堂互动在知识学习目标与价值发展目标的预期成果产出数量相同。综合来看,第一轮行动研究的教学活动能够较好地反映出"体育概论"课程的能力目标与价值目标,但在知识目标的反映效果上需要改进。另外,单元测验、课堂讨论与课后反思 3 个活动存在评价标准与学生实际行为表现不符的情况,需要进行后续改进。

（四）反馈方式效果分析

第一轮行动研究通过构建数学模型,将学生综合素养、知识学习、能力发展和价值塑造 4 个方面进行不同区域的划分,赋予学生不同的评语,帮助学生进行自我评价、自我改进。学生在不同目标的达成度得分及相应评语主要受学习过程中不同教学活动成果产出数量的影响。由于不同学生的成果产出情况不同,所以生成的个性化反馈报告特点也不同。经过第一轮行动研究的实施,最终选定 5 位学生的个性化反馈报告作为案例进行分析。

从表 6-3 中的内容来看，李××在第一轮行动研究中共获得了 7 次"优秀"，且累计一学期无"不当行为"，满足过程性评价的满分要求。但在效果反馈中，李××在知识学习区域只达到了良好，尚未达到优秀。通过查看李××的成果产出情况发现，李××在知识问答、即时课堂互动两个活动中的成果产出较多，但未在小组作业中获得成果产出。可见李××虽然在学科基本知识的记忆、理解及应用上都有着优秀的表现，但在学科知识结构的构建上仍然存在一些不足，无法通过教育实践活动体现出自身的专业知识。针对这类某一方面发展存在不足的学生，个性化反馈报告能够通过评语与成果产出分析相结合的方式，帮助学生发现自己的不足之处，从而提供改进的方向和依据。

表 6-3 第一轮个性化反馈报告案例 1

姓名			李××		
成果产出	教学活动	优秀总数/个	知识学习得分/分	能力发展得分/分	价值塑造得分/分
	单元测验	0	0	0	0
	知识问答	2	80	80	40
	个人作业	1	25	37.5	37.5
	课后反思	0	0	0	0
	课堂讨论	0	0	0	0
	小组作业	0	0	0	0
	即时课堂互动	2	80	80	40
	课堂常规	2	0	50	150
效果反馈	总分		100 分		
	综合素养区域		优秀		
	综合素养评语		学业质量达成度≥90 分，说明你的师德规范、教育情怀、体育学科核心素养、教学能力、科研能力、沟通合作能力、实践创新能力及综合育人能力得到十分有效的提升，很好地形成了体育学原理的认识角度、思维方式及知识结构，能够非常系统地分析解释、说明论证体育教学、科学健身和训练竞赛领域的一些实际问题。希望在今后的学习中能够一如既往地自尊自信、自强自立，不断超越自我、实现自我		
	知识学习总分		26.455 分		
	知识学习区域		良好		

续表

姓名		李××
效果反馈	知识学习评语	24.00 分≤知识学习达成度<27.00 分，说明体育学科核心素养得到进一步的提升，对"体育概论"基础理论知识的学习理解达到比较系统的辨识记忆、概括关联及说明论证的水平，较好地形成了体育学原理的认识角度、思维方式及知识结构。其中，如果在单元测验、知识问答、即时课堂互动活动中获得优秀数量相对较多，那么说明你具有较好的辨识记忆和概括关联知识的能力，但知识运用、说明论证和迁移创新能力仍有待提升。如果在课堂讨论、课后反思、个人作业、小组作业和非标准化答案考试中获得优秀数量相对较多，那么说明你能够比较系统地整合知识、运用知识，以及分析判断、说明论证、推理预测、系统探究体育教学、健身指导和训练竞赛领域的一些实际问题
	能力发展总分	35.3925 分
	能力发展区域	优秀
	能力发展评语	能力发展达成度≥33.30 分，说明你的教学能力、沟通合作能力、组织策划能力、研究能力、实践创新能力及综合育人能力得到十分有效的提升。其中，如果在单元测验、知识问答、即时课堂互动和课堂常规活动中获得优秀数量相对较多，那么说明你具有很好的自我管理、分析判断和解释说明能力。如果在课堂讨论、课后反思、个人作业、小组作业和非标准化答案考试中获得优秀数量相对较多，那么说明你具有很好的自主探究能力、信息技术应用能力、组织策划能力和沟通合作能力，并能够在体育教学、科学健身和训练竞赛领域中表现出很好的研究能力和实践创新能力
	价值塑造总分	38.2525 分
	价值塑造区域	优秀
	价值塑造评语	价值塑造达成度≥29.70 分，说明你的师德规范、教育情怀得到十分有效的提升。其中，如果在单元测验、知识问答、即时课堂互动和课堂常规活动中获得优秀数量相对较多，那么说明你学习态度端正、积极主动、乐学善学，能够很好地做到诚实守信、遵守规则、尊师重教，具有高度的责任感和职业认同度。如果在课堂讨论、课后反思、个人作业、小组作业和非标准化答案考试中获得优秀数量相对较多，那么说明你具有很好的勤于反思、敢于质疑、精益求精、追求卓越、勇于探究和团队协作的科学精神，以及无私奉献、志愿服务、不畏困难的精神

从表 6-4 中的内容来看，张××在第一轮行动研究中获得了 4 次"优秀"、1 次"警告"、1 次"不当行为"，相当于仅获得了 2 次"优秀"和 1 次"良好"，在过程性评价中得分较低。从效果反馈来看，张××仅在知识学习区域达到了及格，其余方面均为不及格。通过查看张××的成果产出情况发现，张××几乎未主动参与教学活动，在小组活动中的表现也较为一般，没有及时与小组成员互动交流。较低的学习积极性导致张××的成果产出数量较少，学习行为表现中的不当行为进一步影响到张××的学习效果。针对这类学习积极性较低的学生，个性化反馈报告无法直接帮助学生进行自我改进。教师应该为学生提供有针对性的建议，以帮助他们提高产出效率，激励学生使其获得成功体验，为学生改进自身行为提供正确的导向。

表 6-4　第一轮个性化反馈报告案例 2

姓名		张××			
成果产出	教学活动	优秀总数/个	知识学习得分/分	能力发展得分/分	价值塑造得分/分
	单元测验	0	0	0	0
	知识问答	0	0	0	0
	个人作业	1	25	37.5	37.5
	课后反思	0	0	0	0
	课堂讨论	0	0	0	0
	小组作业	1	25	50	25
	即时课堂互动	2	80	80	40
	课堂常规	-1.5	0	-37.5	-112.5
效果反馈	总分	35.75 分			
	综合素养区域	不及格			
	综合素养评语	学业质量达成度≤60 分，说明你的师德规范、教育情怀、体育学科核心素养、教学能力、科研能力、沟通合作能力、实践创新能力及综合育人能力提升不大，尚未形成体育学原理的认识角度、思维方式及知识结构。希望在今后的学习中能够正视自身问题，端正学习态度，积极面对困难，提升学习参与度和投入度，加强自我管理			
	知识学习总分	18.59 分			
	知识学习区域	及格			

续表

姓名		张××
效果反馈	知识学习评语	18.00 分≤知识学习达成度<21.00 分，说明体育学科核心素养有一定的提升，对"体育概论"基础理论知识的学习理解基本达到辨识记忆、概括关联及说明论证的水平，有一定的体育学原理的认识角度、思维方式及知识结构。其中，如果在单元测验、知识问答、即时课堂互动活动中有一定数量的优秀，那么说明你有一定的辨识记忆和概括关联知识的能力，但知识运用、说明论证和迁移创新能力相对薄弱，需要在今后的学习中引起重视。如果在课堂讨论、课后反思、个人作业、小组作业和非标准化答案考试中有一定数量的优秀，那么说明你在体育教学、健身指导和训练竞赛中的某个领域具备一定的整合知识、运用知识的能力，在今后的学习中，需要进一步拓展专业认知的广度和深度
	能力发展总分	18.59 分
	能力发展区域	不及格
	能力发展评语	能力发展达成度<22.20 分，说明你的教学能力、沟通合作能力、组织策划能力、研究能力、实践创新能力及综合育人能力提升不大。在今后学习中需要加强自律自治，提升自我管理能力，积极主动参与专业课程实践教学活动，进一步提升教学能力、科研能力、组织策划能力、协调沟通能力及实践创新能力
	价值塑造总分	-1.43 分
	价值塑造区域	不及格
	价值塑造评语	价值塑造达成度<19.80 分，说明你的师德规范、教育情怀提升不大。其中，如果在单元测验、知识问答、即时课堂互动和课堂常规活动中获得一定数量的优秀，那么说明你在诚实守信、遵守规则、尊师重教及责任感和职业认同感的某些方面有一定的体现，但个别方面存在明显不足，需要在今后学习中端正学习态度，提升职业认同度及责任感和使命感，积极主动参与教学。如果在课堂讨论、课后反思、个人作业、小组作业和非标准化答案考试中获得一定数量的优秀，那么说明你在勤于反思、敢于质疑、精益求精、追求卓越、勇于探究和团队协作的科学精神，以及无私奉献、志愿服务、不畏困难的精神等方面有一定的体现，但个别方面存在明显不足，需要在今后学习中注重勤学反思，敢于质疑批判，不畏苦难，勇于探究

从表 6-5 中的内容来看，高××在第一轮行动研究中共获得了 10 次"优秀"、3 次"良好"，远远超出过程性评价的满分标准，表现优秀。在效果反馈中，高××也在每个方面都成功达到了优秀区域的分数要求。通过查看高××的成果产出情况发现，高××在学习过程中积极参与各项教学活动，对知识、能力的展现都较为突出，且具有良好的课堂行为表现。但相比于其他教学活动，高××在个人作业中的成果产出情况不尽如人意。针对这类发展较为全面的学生，个性化反馈报告只需要通过呈现学生学习过程中的成果产出情况，即可直观地将学生的不足之处反馈给学生，无须教师进行过多的引导与激励，学生便能发现自身问题并进行自我改进。

表 6-5　第一轮个性化反馈报告案例 3

姓名		高××			
成果产出	教学活动	优秀总数/个	知识学习得分/分	能力发展得分/分	价值塑造得分/分
	单元测验	0	0	0	0
	知识问答	4.5	180	180	90
	个人作业	0.5	12.5	18.75	18.75
	课后反思	0	0	0	0
	课堂讨论	0	0	0	0
	小组作业	2.5	62.5	125	62.5
	即时课堂互动	2	80	80	40
	课堂常规	2	0	50	150
效果反馈	总分	100 分			
	综合素养区域	优秀			
	综合素养评语	学业质量达成度≥90 分，说明你的师德规范、教育情怀、体育学科核心素养、教学能力、科研能力、沟通合作能力、实践创新能力及综合育人能力得到十分有效的提升，很好地形成了体育学原理的认识角度、思维方式及知识结构，能够非常系统地分析解释、说明论证体育教学、科学健身和训练竞赛领域的一些实际问题。希望在今后的学习中能够一如既往地自尊自信、自强自立，不断超越自我、实现自我			
	知识学习总分	47.905 分			
	知识学习区域	优秀			

第六章 "体育概论"课程实施过程性评价的行动研究

续表

姓名		高××
效果反馈	知识学习评语	知识达成度≥27.00分,说明体育学科核心素养得到十分有效的提升,对"体育概论"基础理论知识的学习理解达到系统的辨识记忆、概括关联及说明论证的水平,很好地形成了体育学原理的认识角度、思维方式及知识结构。其中,如果在单元测验、知识问答、即时课堂互动活动中获得优秀数量相对较多,那么说明你具有很好的辨识记忆和概括关联知识的能力,但知识运用、说明论证和迁移创新能力仍有待提升。如果在课堂讨论、课后反思、个人作业、小组作业和非标准化答案考试中获得优秀数量相对较多,那么说明你能够系统地整合知识、运用知识,以及分析判断、说明论证、推理预测、系统探究体育教学、健身指导和训练竞赛领域的一些实际问题
	能力发展总分	64.886分
	能力发展区域	优秀
	能力发展评语	能力发展达成度≥33.30分,说明你的教学能力、沟通合作能力、组织策划能力、研究能力、实践创新能力及综合育人能力得到十分有效的提升。其中,如果在单元测验、知识问答、即时课堂互动和课堂常规活动中获得优秀数量相对较多,那么说明你具有很好的自我管理、分析判断和解释说明能力。如果在课堂讨论、课后反思、个人作业、小组作业和非标准化答案考试中获得优秀数量相对较多,说明你具有很好的自主探究能力、信息技术应用能力、组织策划能力和沟通合作能力,并能够在体育教学、科学健身和训练竞赛领域中表现出很好的研究能力和实践创新能力
	价值塑造总分	51.659分
	价值塑造区域	优秀
	价值塑造评语	价值塑造达成度≥29.70分,说明你的师德规范、教育情怀得到十分有效的提升。其中,如果在单元测验、知识问答、即时课堂互动和课堂常规活动中获得优秀数量相对较多,那么说明你学习态度端正、积极主动、乐学善学,能够很好地做到诚实守信、遵守规则、尊师重教,具有高度的责任感和职业认同度。如果在课堂讨论、课后反思、个人作业、小组作业和非标准化答案考试中获得优秀数量相对较多,那么说明你具有很好的勤于反思、敢于质疑、精益求精、追求卓越、勇于探究和团队协作的科学精神,以及无私奉献、志愿服务、不畏困难的精神

从表 6-6 中的内容来看，刘××在第一轮行动研究中共获得了 5 次"优秀"、3 次"良好"，在本次过程性评价中获得了较为优秀的成绩。但在效果反馈中，刘××的知识学习得分较低。通过查看刘××的成果产出情况发现，刘××虽然在小组作业、即时课堂互动中的表现较好，但在个人作业、知识问答等需要个人积极主动参与的教学活动中刘××的成果产出数量较少。由此可见，刘××在个人的行为表现上积极性不足。针对这类积极性较低的学生，个性化反馈报告虽然无法直接帮助学生进行自我改进，但可以为教师提供反馈信息，使教师可以及时注意到学生因性格等因素导致的积极性不足，为学生提供更多的自我表现机会。

表 6-6　第一轮个性化反馈报告案例 4

姓名		刘××			
成果产出	教学活动	优秀总数/个	知识学习得分/分	能力发展得分/分	价值塑造得分/分
	单元测验	0	0	0	0
	知识问答	0.5	20	20	10
	个人作业	0	0	0	0
	课后反思	0	0	0	0
	课堂讨论	0	0	0	0
	小组作业	1.5	37.5	75	37.5
	即时课堂互动	1.5	60	60	30
	课堂常规	3	0	75	225
效果反馈	总分	100 分			
	综合素养区域	优秀			
	综合素养评语	学业质量达成度≥90 分，说明你的师德规范、教育情怀、体育学科核心素养、教学能力、科研能力、沟通合作能力、实践创新能力及综合育人能力得到十分有效的提升，很好地形成了体育学原理的认识角度、思维方式及知识结构，能够非常系统地分析解释、说明论证体育教学、科学健身和训练竞赛领域的一些实际问题。希望在今后的学习中能够一如既往地自尊自信、自强自立，不断超越自我、实现自我			
	知识学习总分	16.8025 分			
	知识学习区域	不及格			

续表

姓名		刘××
效果反馈	知识学习评语	知识学习达成度<18.00 分，说明体育学科核心素养提升不大，对"体育概论"基础理论知识的学习理解尚未达到辨识记忆、概括关联及说明论证的水平，体育学原理的认识角度、思维方式及知识结构尚未形成。在今后学习中需要积极参与课堂教学，认真听课，按要求完成课后学习任务。其中，如果在单元测验、知识问答、即时课堂互动活动中有一定数量的优秀，那么说明你有一定的辨识记忆和概括关联知识的能力，但知识运用、说明论证和迁移创新能力相对薄弱，需要在今后的学习中引起重视。如果在课堂讨论、课后反思、个人作业、小组作业和非标准化答案考试中有一定数量的优秀，那么说明你在体育教学、健身指导和训练竞赛中的某个领域具备一定的整合知识、运用知识的能力
	能力发展总分	32.89 分
	能力发展区域	良好
	能力发展评语	29.60 分≤能力发展达成度<33.30 分，说明你的教学能力、沟通合作能力、组织策划能力、研究能力、实践创新能力及综合育人能力得到进一步的提升。其中，如果在单元测验、知识问答、即时课堂互动和课堂常规活动中获得优秀数量相对较多，那么说明你具有较好的自我管理、分析判断和解释说明能力。如果在课堂讨论、课后反思、个人作业、小组作业和非标准化答案考试中获得优秀数量相对较多，那么说明你具有较好的自主探究能力、信息技术应用能力、组织策划能力和沟通合作能力，并能够在体育教学、科学健身和训练竞赛领域中表现出较好的研究能力和实践创新能力
	价值塑造总分	43.2575 分
	价值塑造区域	优秀
	价值塑造评语	价值塑造达成度≥29.70 分，说明你的师德规范、教育情怀得到十分有效的提升。其中，如果在单元测验、知识问答、即时课堂互动和课堂常规活动中获得优秀数量相对较多，那么说明你学习态度端正、积极主动、乐学善学，能够很好地做到诚实守信、遵守规则、尊师重教，具有高度的责任感和职业认同度。如果在课堂讨论、课后反思、个人作业、小组作业和非标准化答案考试中获得优秀数量相对较多，那么说明你具有很好的勤于反思、敢于质疑、精益求精、追求卓越、勇于探究和团队协作的科学精神，以及无私奉献、志愿服务、不畏困难的精神

从表 6-7 中的内容来看，胡××在第一轮行动研究中共获得了 6 次"优秀"、1 次"良好"，同时因未遵守课堂常规受"警告"1 次，整体表现良好。在效果反馈中，胡××在知识学习、能力发展两个方面都获得了"优秀"，但在价值塑造方面的表现不尽如人意。通过查看胡××的成果产出情况发现，胡××在各项活动中所获得的成果产出数量较为均衡，但不能严格要求自己遵守课堂常规。针对这类自控力较弱的学生，个性化反馈报告能够清晰地展示不当行为对学业质量的影响，提醒学生在学习过程中严格进行自我管理。

表 6-7　第一轮个性化反馈报告案例 5

姓名		胡××			
成果产出	教学活动	优秀总数/个	知识学习得分/分	能力发展得分/分	价值塑造得分/分
	单元测验	0	0	0	0
	知识问答	1.5	60	60	30
	个人作业	1	25	37.5	37.5
	课后反思	0	0	0	0
	课堂讨论	0	0	0	0
	小组作业	2	50	100	50
	即时课堂互动	2	80	80	40
	课堂常规	−0.5	0	−12.5	−37.5
效果反馈	总分	85.8 分			
	综合素养区域	良好			
	综合素养评语	80 分≤学业质量达成度<90 分，说明你的师德规范、教育情怀、体育学科核心素养、教学能力、科研能力、沟通合作能力、实践创新能力及综合育人能力得到进一步的提升，较好地形成了体育学原理的认识角度、思维方式及知识结构，能够比较系统地分析解释、说明论证体育教学、科学健身和训练竞赛领域的一些实际问题。希望在今后的学习中能够养成乐学善学、勤于思考、勇于探究的学习态度，不断尝试深度学习，强化自主探究能力、教学能力、沟通合作能力和实践创新能力			
	知识学习总分	30.745 分			
	知识学习区域	优秀			

第六章 "体育概论"课程实施过程性评价的行动研究

续表

姓名		胡××
效果反馈	知识学习评语	知识学习达成度≥27.00分,说明体育学科核心素养得到十分有效的提升,对"体育概论"基础理论知识的学习理解达到系统的辨识记忆、概括关联及说明论证的水平,很好地形成了体育学原理的认识角度、思维方式及知识结构。其中,如果在单元测验、知识问答、即时课堂互动活动中获得优秀数量相对较多,那么说明你具有很好的辨识记忆和概括关联知识的能力,但知识运用、说明论证和迁移创新能力仍有待提升。如果在课堂讨论、课后反思、个人作业、小组作业和非标准化答案考试中获得优秀数量相对较多,那么说明你能够系统地整合知识、运用知识,以及分析判断、说明论证、推理预测、系统探究体育教学、健身指导和训练竞赛领域的一些实际问题
	能力发展总分	37.895分
	能力发展区域	优秀
	能力发展评语	能力发展达成度≥33.30分,说明你的教学能力、沟通合作能力、组织策划能力、研究能力、实践创新能力及综合育人能力得到十分有效的提升。其中,如果在单元测验、知识问答、即时课堂互动和课堂常规活动中获得优秀数量相对较多,那么说明你具有很好的自我管理、分析判断和解释说明能力。如果在课堂讨论、课后反思、个人作业、小组作业和非标准化答案考试中获得优秀数量相对较多,那么说明你具有很好的自主探究能力、信息技术应用能力、组织策划能力和沟通合作能力,并能够在体育教学、科学健身和训练竞赛领域中表现出很好的研究能力和实践创新能力
	价值塑造总分	17.16分
	价值塑造区域	不及格
	价值塑造评语	价值塑造达成度<19.80分,说明你的师德规范、教育情怀提升不大。其中,如果在单元测验、知识问答、即时课堂互动和课堂常规活动中获得一定数量的优秀,那么说明你在诚实守信、遵守规则、尊师重教及责任感和职业认同感的某些方面有一定的体现,但个别方面存在明显不足,需要在今后学习中端正学习态度,提升职业认同度及责任感和使命感,积极主动参与教学。如果在课堂讨论、课后反思、个人作业、小组作业和非标准化答案考试中获得一定数量的优秀,那么说明你在勤于反思、敢于质疑、精益求精、追求卓越、勇于探究和团队协作的科学精神,以及无私奉献、志愿服务、不畏困难的精神等方面有一定的体现,但个别方面存在明显不足,需要在今后学习中注重勤学反思,敢于质疑批判,不畏苦难,勇于探究

通过分析以上案例可知，"体育概论"课程的反馈方式能够通过 Excel 函数进行自动化的分数计算，只需要输入学生在不同教学活动中对应的成果产出数量，即可将成果产出进行量化，帮助每位学生获取自己的个性化分析报告，了解自己全方位的发展成果，以便在后续的体育专业课程学习中进行自我改进。但在第一轮行动研究中，部分学生的发展较为全面，仅在个别活动中的成果产出不尽如人意。从该情况来看，第一轮行动研究缺乏针对性的成果产出建议，过程性评价的反馈力度不足。除此之外，该反馈方式只体现出了学生的过程性评价结果，无法为非标准化答案考试提供相应的评价报告。

二、第一轮行动研究反思

由于第一轮行动研究在评价标准、教学活动的制定上还不够成熟，部分内容存在较大的改进空间。根据评价标准、教学活动与反馈方式的结果分析，第一轮行动研究产生的成效与存在的不足如下。

（一）第一轮行动研究的成效

过程性评价标准能够为学生提供产出动力。"体育概论"所创设的教学活动以学生行为表现为观测点，采集学生的成果产出。这种鼓励学生积极参与教学活动、主动进行教学互动的评价方式只记录学生的成功行为，对学生学习过程中的某一次失败不作记录，为学生提供了更多的尝试机会，成果体现出产出导向下的评价特征。

反馈方式能够初步呈现课程目标达成度。第一轮行动研究所呈现出的个性化反馈报告依据学生的成果产出情况为每位学生在知识、能力与价值多个方面的发展进行定量评价与定性评价，与"积分制"管理办法相结合，既为学生提供了评价过程的客观依据，又为学生提供了自我参照内容，帮助学生进行后续的自我改进。

（二）第一轮行动研究的不足

结构式评价标准限制学生的成功机会。为体现产出导向教学模式下评价的多元性，本研究采用过程性评价与非标准化答案考试相结合的评价标准。非标准化答案考试的难度限制了学生在"体育概论"课程的学业成绩中取得满分的机会。

这与产出导向中"人人都有机会取得成功"的目标不符[①]。第一轮行动研究的不足具体表现在以下几个方面。

（1）个性化反馈报告缺乏针对性的建议。由于成果产出数量与学生学习积极性的不同，不同学生的个性化反馈报告特征也不同。评语作为某一目标的综合反馈方式，只能反映学生的学习效果，无法在学生学习过程中给予学生即时的反馈，帮助学生提高成果产出率。

（2）非标准化答案考试的反馈力度不足。学生的学业成绩以过程性评价为主，学生在非标准化答案考试中的得分对其学业成绩的影响较小，且缺乏即时、具体的反馈机制，导致学生的重视力度不足，无法准确反映出学生的成果产出与学业质量。

（3）部分教学活动的评价标准较高。在第一轮行动研究创设并实施的8个教学活动中，有3个教学活动都存在学生行为表现与评价标准不符的情况。即使存在"良好"评价标准，学生也难以满足这些教学活动中的成果产出要求。

（4）知识目标的实际成果产出质量一般。本研究为知识学习、能力发展与价值塑造的学习效果评价设置了单独的分数区域，而在知识学习效果评价中达到优秀区域的人数明显低于其他两个目标，位于中等及以下区域的学生人数相比其余两个目标也存在显著的差异。

三、第二轮行动研究改进

从我国目前的师范类专业认证改革研究来看，可供参考的具体课程案例较少。尽管本研究在第一轮行动研究中已经取得一些初步的成效，但在"体育概论"课程实施过程性评价模式的实践过程中，仍然发现了许多实际存在的问题，需要在后续的研究中继续计划并实施改进措施，通过实践和观察不断完善过程性评价模式的构建。

（一）问题的重新确认

从第一轮行动研究的结果与反思来看，问题可以分为教学目标、教学活动、评价标准与评价反馈4个方面。

[①] 李志义，朱泓，刘志军，等. 用成果导向教育理念引导高等工程教育教学改革[J]. 高等工程教育研究，2014（2）：29-34，70.

（1）教学目标方面。学生在教学活动中的成果产出能够较好地证明"体育概论"在能力目标与价值目标方面的目标达成度，但知识学习效果一般，需要提高知识目标的产出质量。

（2）教学活动方面。部分教学活动的产出评价标准较高，难以体现"优秀"与"良好"的差距。

（3）评价标准方面。过程性评价与非标准化答案考试相结合的评价标准无法体现出非标准化答案考试的重要性，学生更加重视过程性评价。

（4）评价反馈方面。过度关注学生的学习效果评价，缺乏针对性的产出建议，忽视了非标准化答案考试的成果反馈。

通过与课题组成员的讨论，第一轮行动研究重新确认分析了以上问题的关键点所在，计划改进教学活动与非标准化答案考试，提高学生对知识学习成果产出与非标准化答案考试的重视程度。

（二）教学活动的改进

经过第一轮行动研究结果分析发现，教师对于学生自主学习情况的了解主要来源于单元测验与知识问答的成果产出，但在实施过程中，两个教学活动的成果产出结果不尽如人意。此外，非标准化答案考试作为第一轮行动研究中最能体现学生由应用实践向迁移创新阶段进步的环节之一，存在反馈力度不足的现象，并且难以获得满分的特点也降低了学生对非标准化答案考试的重视程度。为解决这些问题，第二轮行动研究将线上自主预习与非标准化答案考试创设为单独的教学活动，旨在加深学生的知识理解程度，提高学生的知识学习效果，并提高学生对非标准化答案考试的重视程度。通过"积分制"管理办法记录成果产出，实现全过程性评价。新增教学活动成果产出如表6-8所示。

表6-8 新增教学活动成果产出

课程目标	教学活动	预期成果产出	权重
知识目标	线上自主预习	（1）知道"体育概论"基础理论知识。 （2）初步形成"体育概论"学科的认识方式和知识结构	0.400
	非标准化答案考试	（1）说明论证"体育概论"基础理论知识。 （2）整合应用"体育概论"基础理论知识	0.250

续表

课程目标	教学活动	预期成果产出	权重
能力目标	线上自主预习	表现出自主学习、自主探究和自律自治的自我管理能力	0.200
	非标准化答案考试	（1）表现出多维视角分析解释问题的能力。 （2）表现出解决复杂问题的实践创新能力。 （3）表现出现代信息技术学习与应用能力	0.375
价值目标	线上自主预习	（1）培养积极主动、乐学善学的学习态度。 （2）表现出诚实守信的行为规范	0.400
	非标准化答案考试	（1）深刻体悟体育精神、体育道德和体育品格的意蕴。 （2）表现出不畏困难、勇于探究的科学精神。 （3）表现出精益求精、追求卓越的价值观念	0.375

从表 6-8 中的内容来看，线上自主预习的主要作用在于帮助学生进行知识的学习理解，充分发挥"体育概论"翻转课堂教学的优势，为学生提供更多的自主学习机会。在进行数据采集时，学生的学习时间、学习方式与学习频次能够直接反映出学生的学习态度，同时，也能够检测学生是否在线上自主预习过程中存在违背诚信的行为。因此，该活动以知识学习目标的成果产出为目的，以价值塑造目标的成果产出为主要观测点，两者的权重分配数值不宜有较大差距。同时，由于该活动能够带给学生的能力较少，能力发展目标的权重数值较低。

非标准化答案考试的主要作用在于通过学生的视频作业内容观测学生的知识整合应用表现、作品分享交流表现与自主探究态度表现。知识整合应用表现与自主探究态度表现需要基于学生的作品内容进行判断。在非标准化答案考试的评价标准中，学生的作品质量同时包含视频的呈现形式与呈现内容，因此学生通过该活动所展现出的个人能力与价值观念同样重要。在进行权重分配时，能力发展目标与价值塑造目标理应拥有相同的数值。学生对知识的说明论证能力与整合应用能力对作品呈现形式影响较小，更多的是辅助作品内容，使其具备更好的呈现力度，因此知识学习目标的权重分配数值较低。综上所述，新增教学活动的内容与行为表现观测点如表 6-9 所示。

从表 6-9 中的内容来看，新增的两个活动在第一轮行动研究中都曾以不同的形式出现，因此在活动内容的设计上依然与第一轮行动研究相同。同时依据活动内容，为其制定行为表现观测点，便于后续研究中评价标准的研制。

表 6-9　新增教学活动的内容与行为表现观测点

教学活动	内容	行为表现观测点
线上自主预习	学生按时完成 UClass 智慧教学平台上的章节翻转课堂学习资料，学会自主学习、合作探究、拓展阅读等在线学习方法	（1）线上学习时间。 （2）线上学习方式。 （3）线上学习频次
非标准化答案考试	学生以"我心目中的体育是公平/正义/科学/和平/坚毅/勇气/乐趣/荣誉/健壮/自律/超越/团结等"为题，搜集素材，制作抖音视频，并参与集中展示与交流活动	（1）知识整合应用表现。 （2）作品分享交流表现（信息技术应用能力、教育教学能力）。 （3）自主探究态度表现

（三）评价标准的改进

在评价标准方面，第一轮行动研究中部分教学活动的评价标准存在设置不合理的问题。在这类活动中，"良好"标准也无法准确反映学生的成果产出。其他教学活动中的"良好"标准虽然可以体现出评价的激励作用，但也意味着学生拥有一次未达到成功标准的尝试，直接影响到学生最终的学业质量分数。因此在第二轮行动研究中，"体育概论"对教学活动行为表现的评价标准做出修改：增强优秀评价标准的引导性，适当降低"优秀"的评价标准，取消"良好"评价标准；针对学生学习过程中可以代表学生学习态度不端正的行为表现观测点设置教学活动不当行为。其中，单元测验、课后反思与课堂讨论的改动较大。改动后的评价标准如表 6-10 所示。

表 6-10　第二轮"体育概论"教学活动行为表现评价标准

教学活动	行为表现观测点	优秀标准	不当行为标准
线上自主预习	（1）线上学习时间。 （2）线上学习方式。 （3）线上学习频次	随机抽取学习时长与学习频次排名前 3 名，且单元测验正确率不低于 90%，追加"优秀"1 次	未参与线上学习或线上学习时间不够，记"不当行为"1 次
单元测验	（1）学习投入时间。 （2）单元测验成绩。 （3）考试行为规范	按时完成线上学习任务，测验成绩正确率 90% 以上，记"优秀"1 次	不按时完成线上学习任务，或测验成绩不及格，抑或是违反考试纪律，记"不当行为"1 次

续表

教学活动	行为表现观测点	优秀标准	不当行为标准
知识问答	（1）主动回答问题。 （2）正确回答问题。 （3）回答问题表现	主动回答 2 个问题，且答案准确，表达流畅，记"优秀"1 次	被动回答 2 个问题，没有答对任何一题，记"不当行为"1 次
课堂讨论	（1）积极参与课堂讨论。 （2）知识整合应用表现。 （3）问题解决能力表现	知识应用合理、观点明确、论据翔实、分析深刻、表述清楚，记"优秀"1 次	不参与讨论墙活动、抄袭或复制网上资料，记"不当行为"1 次
即时课堂互动	（1）积极参与课堂讨论。 （2）辨识概括知识表现。 （3）自主探究能力表现	积极参与全部课堂互动题，累计正确率超过 90%，记"优秀"1 次	累计正确率低于 60%，记"不当行为"1 次
个人作业	（1）知识整合应用表现。 （2）作业分享交流表现（信息技术应用能力、教育教学能力）。 （3）自主探究态度表现	知识整合应用合理、分析问题视角多元、解决问题思路清晰、使用资料翔实可靠、说明论证逻辑严谨、课件制作精美实用，记"优秀"1 次	不按时完成作业、作业抄袭或雷同及不参与作业分享交流，记"不当行为"1 次
小组作业	（1）知识整合应用表现。 （2）作业分享交流表现（信息技术应用能力、教育教学能力）。 （3）合作探究态度表现（沟通合作、组织协调、系统探究、实践创新能力，以及团结奋进、无私奉献）	团队协作分工明确，知识整合应用合理、分析问题视角多元、解决问题思路清晰、使用资料翔实可靠、说明论证逻辑严谨、课件制作精美实用，小组成员各记"优秀"1 次	不按时完成作业、作业抄袭或复制网上资料及不参与作业分享交流，小组成员各记"不当行为"1 次
课后反思	（1）主动参与互评表现。 （2）知识整合应用表现。 （3）自主探究能力表现	知识应用合理、观点明确、论据翔实、分析深刻、表述清楚，记"优秀"1 次	不参与课后反思与讨论，或在线发表不当言论，抑或是在线发表无关言论，记"不当行为"1 次
课堂常规	（1）无迟到、早退和请假行为。 （2）无课堂睡觉、玩手机行为。 （3）学习小组成员无不当行为	学习小组成员 1 个学期无不当行为，记"优秀"2～3 次（3 人 1 组记 2 次，4 人 1 组记 3 次）；个人 1 个学期无不当行为,记"优秀"1 次	违反课堂常规 1 次，记"不当行为"1 次；学习小组成员有 1 人累计不当行为 2 次，其他成员记"不当行为"1 次

续表

教学活动	行为表现观测点	优秀标准	不当行为标准
非标准化答案考试	（1）知识整合应用表现。 （2）作品分享交流表现（信息技术应用能力、教育教学能力）。 （3）自主探究态度表现	主题明确、素材翔实、形式创新、制作精细、表达清楚、论证充分（90分以上），记"优秀"1次	未完成视频制作或视频制作不符合要求，记"不当行为"1次

从表 3-4 中的单元测验的学生行为表现来看，获得满分的难度较高，连续两次取得满分的"优秀"标准难度较大。考虑到单元测验的活动次数与单次活动的难度，第二轮行动研究将单元测验的优秀标准改为单次测验成绩正确率 90% 以上即可获得成果产出。

从课堂讨论的学生行为表现来看，学生无法在短暂的时间内将临时搜集到的论据与所学知识进行整合。第二轮行动研究在原有"优秀"标准不变的情况下降低了难度，学生无须与其他同学进行对比，只需要自身发言合理、客观，观点鲜明即可获得成果产出。

从课后反思的学生行为表现来看，部分学生能够尝试发表自身观点，但"敢于质疑，敢于提出问题"这一要求对学生而言难度较大，因此第二轮行动研究取消了该评价标准，与课堂讨论的难度保持一致，只需要自身发言合理、客观，观点鲜明即可获得成果产出。

除此之外，在新增教学活动中，非标准化答案考试沿用第一轮行动研究中的评价标准，但对 90 分以上的学生，记"优秀"1 次。线上自主预习取学习时长与学习频次的前 3 名，并对其进行抽查检验，通过验证预习效果的方式判断其是否符合成果产出标准。新增活动评价标准的效果仍需要在第二轮行动研究的实施中得到验证。

（四）反馈方式的改进

在评价反馈方面，第二轮行动研究为教学活动增加了产出建议，并在课前进行公示。这样能够为学生创造更多的成功机会，进一步强调包容性成功，逐步引导学生提升学习效果。第二轮"体育概论"教学活动产出建议如表 6-11 所示。

第六章 "体育概论"课程实施过程性评价的行动研究

表 6-11 第二轮"体育概论"教学活动产出建议

教学活动	产出建议
线上自主预习	（1）依据预习问答知识点，边学边整理笔记。 （2）采取自问自答或小组问答方式，检验知识点掌握程度
单元测验	（1）依据预习问答知识点，边学边整理笔记。 （2）采取自问自答或小组问答方式，检验知识点掌握程度。 （3）认真读题、解题和破题，提高测验过程的投入度和专注度
知识问答	（1）依据预习问答知识点，边学边整理笔记。 （2）采取自问自答或小组问答方式，检验知识点掌握程度。 （3）聚焦知识点，拓展阅读，提升知识辨识记忆、概括关联和解释说明能力
课堂讨论	（1）上课认真听讲，以理解记忆为主。 （2）认真读题、解题和破题，提高参与过程的投入度和专注度。 （3）积极开展课外拓展阅读。 （4）组织学习小组讨论相关知识点
即时课堂互动	（1）上课认真听讲，以理解记忆为主。 （2）认真读题、解题和破题，提高参与过程的投入度和专注度
个人作业	（1）认真读题、解题和破题，理解作业的意图和思路。 （2）对照作业优秀标准，检查、完善。 （3）尽可能从不同途径查阅文献资料，获得权威数据。 （4）多进行学习小组之间、同学之间、师生之间的交流，不断提升分析问题、解决问题的能力
小组作业	（1）学习小组要定期召开组会，以问题为导向，分工协作。 （2）认真读题、解题和破题，理解作业的意图和思路。 （3）对照作业优秀标准，检查、完善。 （4）尽可能从不同途径查阅文献资料，获得权威数据
课后反思	（1）课上认真听讲，能够发现问题或提出问题。 （2）课下查阅资料，确认问题，并做好归纳梳理。 （3）认真反思每个学习过程，取长补短
课堂常规	（1）认真履行个人学习契约。 （2）严格遵守学习小组自治制度
非标准化答案考试	（1）认真读题、解题和破题，理解活动的意图和思路。 （2）对照作业优秀标准，检查、完善。 （3）尽可能从不同途径查阅文献资料，获得权威数据。 （4）多进行学习小组之间、同学之间、师生之间的交流，提升分析问题、解决问题的能力。 （5）自主学习编导和视频剪辑技术

从表 6-11 中的内容来看，教学活动的产出建议主要依据第一轮行动研究中学生的学习行为表现不足之处进行设置，为学生提供自我参照标准。在不同阶段，产出建议的作用也不同。例如，在参与教学活动前，学生可以利用教学活动的产出建议引导自身的学习行为表现，提高教学活动的成果产出率；在参与教学活动后，学生也可以通过查看相关活动的产出建议进行自我评价，找出行为表现不够规范的环节进行自我改进，进一步体现过程性评价的即时反馈与即时改进作用。

除此之外，虽然教学活动的数量变化引发了知识、能力与价值 3 个目标的指标权重数值变化，但总达成度分数计算方法不变，依然采用教学活动目标得分的求和公式进行计算，仅由 8 个教学活动的得分总分变为 10 个教学活动的得分总分。依据修改后的权重进行重新计算后，第二轮行动研究达成度区域划分如表 6-12 所示。

表 6-12　第二轮行动研究达成度区域划分

目标	总权重	百分制占比/%	等级	达成度区域（分数/分）
知识学习	3.05	30.5	优秀	知识学习达成度≥27.45
			良好	24.40≤知识学习达成度<27.45
			中等	21.35≤知识学习达成度<24.40
			及格	18.30≤知识学习达成度<21.35
			不及格	知识学习达成度<18.30
能力发展	3.55	35.5	优秀	能力发展达成度≥31.95
			良好	28.40≤能力发展达成度<31.95
			中等	24.85≤能力发展达成度<28.40
			及格	21.30≤能力发展达成度<24.85
			不及格	能力发展达成度<21.30
价值塑造	3.40	34.0	优秀	价值塑造达成度≥30.60
			良好	27.20≤价值塑造达成度<30.60
			中等	23.80≤价值塑造达成度<27.20
			及格	20.40≤价值塑造达成度<23.80
			不及格	价值塑造达成度<20.40

从表 6-12 中的内容来看，第二轮行动研究由于新增了线上自主预习与非标准化答案考试两个教学活动，3 个目标的总权重数值由 8 增加至 10，不同目标的占比差距被缩小。基于此，第二轮行动研究在相应评语内容不变的情况下重新调整

了不同目标的达成度区域分数，旨在更好地适配过程性评价模式改进，为学生提供更加完善、精准的个性化反馈报告。

四、第二轮行动研究实施

第二轮行动研究的基本理念不变，针对第一轮行动研究的反思结果，对教学活动内容、评价标准及反馈方式进行了改进，旨在进一步实现"全方位、全过程"的学习效果评价，突出过程性评价的即时反馈、即时改进功能。

（一）行动研究实施概况

第二轮行动研究以河南大学体育学院2022级体育教育专业3班、4班为研究对象，共计48位学生。自2022年9月开始，至2023年1月结束，历经一学期的行动研究检验。受疫情影响，第二轮行动研究线下教学课时较少，主要教学形式为线上教学，但第二轮行动研究同样在授课过程中进行教学观察、教学记录与教学反思。在此基础上，通过分析过程性评价模式的实施效果，得出第二轮行动研究分析报告。

（二）评价标准效果分析

第二轮行动研究采用全过程性评价的方式量化学生的学业成绩。最终学生的学业质量达成度区域分布情况如表6-13所示。

表6-13 第二轮行动研究得分结果

学业质量达成度区域/分	人数/人	占比/%
学业质量达成度≥90	27	56.25
80≤学业质量达成度<90	7	14.58
70≤学业质量达成度<80	9	18.75
60≤学业质量达成度<70	0	0.00
学业质量达成度<60	5	10.42

从表6-13中的内容来看，由于评价标准的转变，第二轮行动研究中的得分区域相较第一轮有所不同。90分及以上区域的学生皆为过程性评价获得满分，取得7次及7次以上"优秀"的学生。受制于线上教学，第二轮行动研究中线上线下混合式教学的开展难度较大，师生互动、小组交流受限，教学内容以学生自主学

习为主。因此相较于第一轮行动研究结果，学生在过程性评价中的成果产出难度增加、数量减少。

（三）教学活动效果分析

依据"体育概论"第一轮行动研究的教学活动结果分析，第二轮行动研究在保持原有教学活动不变的情况下，新增了两个教学活动，并且为教学活动设置了产出建议，旨在帮助学生提高成果产出率。第二轮行动研究成果产出情况如表 6-14 所示。

表 6-14 第二轮行动研究成果产出情况

教学活动	获得成果人数/人
线上自主预习	0
单元测验	24
知识问答	22
课堂讨论	3
即时课堂互动	47
个人作业	45
小组作业	7
课后反思	7
课堂常规	42
非标准化答案考试	24

从表 6-14 中的内容来看，相较于第一轮行动研究，第二轮行动研究在实施的过程中存在出勤人数不固定的问题。遵循考核客观公正的理念，第二轮行动研究在开展教学活动时尽可能为学生提供公平的参与机会。

从第二轮行动研究的教学活动成果产出情况来看，单元测验、课堂讨论、课后反思与非标准化答案考试皆取得了一定的改进成效。通过线上数据采集、课堂观察记录表与课后学生访谈可知，线上自主预习提高了学生在知识学习方面的投入度，学生通过自主预习向教师反馈问题的方式，帮助教师进一步了解知识学习的重难点，从而做出教学调整，提高学生在单元测验中的成果产出率。

虽然单元测验成果产出数量的显著提高可以证明线上自主预习对加深学生知识理解程度具有较为显著的作用，但第二轮行动研究以线上教学为主，线下教学开展次数较少。因此，该活动的评价标准无法准确反映出学生的线上学习时间的真实性。经课题组成员讨论，第二轮行动研究不对线上自主预习的成果产出进行记录。

从课堂讨论与课后反思的成果产出情况来看，修改后的评价标准能够更加准确地观测学生的行为表现，对提高成果产出数量具有显著的效果。但考虑到两个教学活动都需要学生基于知识理解程度发表自身观点，在部分学生缺勤的情况下不利于维持评价的公平性。经课题组讨论后决定，不在后续的线上教学过程中开展课堂讨论与课后反思活动。

从非标准化答案考试的成果产出情况来看，第二轮行动研究中学生的积极性具有显著的提高。获得成果产出的学生皆能够以个人素材为主发表个人观点，展现出一定的专业发展意识或积极向上的体育价值观念。未获得优秀的学生在素材选取和表达逻辑上皆存在较为明显的缺陷。通过比较两轮行动研究的非标准化答案考试作业内容可知，第二轮非标准化答案考试的形式解决了学生重视程度不足的问题。

通过对第二轮行动研究的教学活动结果进行分析，可以发现新增教学活动、教学活动标准的修改及成果产出建议都取得了一定的成效，能够引导学生获得更多的成果产出。但部分教学活动的实施次数较少，改进后的稳定性与可靠性仍然需要进一步验证。

（四）反馈方式效果分析

由于第二轮行动研究在教学活动的数量上有所改变，所以个性化反馈报告也依据教学活动进行了调整，最终选定5位具有代表性的学生的个性化反馈报告作为第二轮行动研究的案例。

从表6-15中的内容来看，张××在第二轮行动研究中共获得了5次"优秀"，在过程性评价中的表现较为一般。效果反馈中的各个区域评价也以中等为主，没有目标得分达到良好、优秀区域。但从张××的成果产出情况来看，5次"优秀"分别源自5个不同的教学活动，可见张××虽然成果产出的数量较少，但尝试在不同的目标中得到发展，在不同的教学活动中都表现出了一定的主动性与积极性。这类在不同教学活动中尝试产出成果的学生明显多于第一轮行动研究，针对这类学生，修改后的个性化反馈报告更能反映出学生在学习过程中的多方面努力成果与其他成果产出机会。

表 6-15　第二轮个性化反馈报告案例 1

姓名			张××		
成果产出	教学活动	优秀总数/个	知识学习得分/分	能力发展得分/分	价值塑造得分/分
	线上自主预习	0	0	0	0
	单元测验	1	50	25	25
	知识问答	1	40	40	20
	课堂讨论	0	0	0	0
	即时课堂互动	1	40	40	20
	个人作业	0	0	0	0
	小组作业	1	25	50	25
	课后反思	0	0	0	0
	课堂常规	1	0	25	75
	非标准化答案考试	0	0	0	0
效果反馈	总分		71.50 分		
	综合素养区域		中等		
	综合素养评语		70 分≤学业质量达成度<80 分，说明你的师德规范、教育情怀、体育学科核心素养、教学能力、科研能力、沟通合作能力、实践创新能力及综合育人能力有所提升，初步形成了体育学原理的认识角度、思维方式及知识结构，能够分析解释、说明论证体育教学、科学健身和训练竞赛部分领域的一些实际问题。希望在今后的学习中能够积极进取，不畏苦难，勇于挑战自我，进一步提升自主探究能力、教学能力、沟通合作能力和实践创新能力		
	知识学习总分		22.165 分		
	知识学习区域		中等		
	知识学习评语		21.35 分≤知识学习达成度<24.40 分，说明体育学科核心素养有所提升，对"体育概论"基础理论知识的学习理解达到系统的辨识记忆、概括关联及说明论证的水平，基本形成了体育学原理的认识角度、思维方式及知识结构。其中，如果在单元测验、知识问答、即时课堂互动活动中获得优秀数量相对较多，那么说明你基本具备辨识记忆和概括关联知识的能力，但知识运用、说明论证和迁移创新能力相对薄弱，需要在今后的学习中引起重视。如果在课堂讨论、课后反思、个人作业、小组作业和非标准化答案考试中有一定数量的优秀，那么说明你能够系统地整合知识、运用知识，以及分析判断、说明论证、推理预测、系统探究体育教学、健身指导和训练竞赛领域中的一些实际问题		

续表

姓名		张××
效果反馈	能力发展总分	25.74 分
	能力发展区域	中等
	能力发展评语	24.85 分≤能力发展达成度<28.40 分，说明你的教学能力、沟通合作能力、组织策划能力、研究能力、实践创新能力及综合育人能力有所提升。其中，如果在单元测验、知识问答、即时课堂互动和课堂常规活动中获得优秀数量相对较多，那么说明你具有一定的自我管理、分析判断和解释说明能力。如果在课堂讨论、课后反思、个人作业、小组作业和非标准化答案考试中获得一定数量的优秀，那么说明你具有一定的自主探究能力、信息技术应用能力、组织策划能力和沟通合作能力，并能够在体育教学、科学健身和训练竞赛某个领域中表现出一定的研究能力和实践创新能力
	价值塑造总分	23.595 分
	价值塑造区域	及格
	价值塑造评语	20.40 分≤价值塑造达成度<23.80 分，说明你的师德规范、教育情怀有一定的提升。其中，如果在单元测验、知识问答、即时课堂互动和课堂常规活动中获得一定数量的优秀，那么说明你在诚实守信、遵守规则、尊师重教及责任感和职业认同感的某些方面有一定的体现，但个别方面存在明显不足，需要在今后学习中端正学习态度，提升职业认同度及责任感和使命感，积极主动参与教学实践。如果在课堂讨论、课后反思、个人作业、小组作业和非标准化答案考试中获得一定数量的优秀，那么说明你在勤于反思、敢于质疑、精益求精、追求卓越、勇于探究和团队协作的科学精神，以及无私奉献、志愿服务、不畏困难的精神等方面有一定的体现，但个别方面存在明显不足，需要在今后学习中不畏苦难，勤学反思，敢于质疑批判，勇于探究

从图 6-16 中的内容来看，徐××在第二轮行动研究中共获得了 6 次"优秀"，即将达到过程性评价的满分，但知识学习区域的达成度得分尚未达到及格区域。通过查看徐××的成果产出情况可知，徐××在以知识学习目标为主的活动中积极性较低，而在展现综合能力与必备品格的活动中表现较为积极。针对这类发展较为不均衡的学生，修改后的个性化反馈报告能够通过教学活动成果产出的分布情况直观地反映出学生的学习状态，帮助学生精准分析自身的发展趋势。

表6-16　第二轮个性化反馈报告案例2

姓名		徐××			
成果产出	教学活动	优秀总数/个	知识学习得分/分	能力发展得分/分	价值塑造得分/分
	线上自主预习	0	0	0	0
	单元测验	0	0	0	0
	知识问答	0	0	0	0
	课堂讨论	0	0	0	0
	即时课堂互动	1	40	40	20
	个人作业	1	25	37.5	37.5
	小组作业	0	0	0	0
	课后反思	1	20	40	40
	课堂常规	2	0	50	150
	非标准化答案考试	1	25	37.5	37.5
效果反馈	总分	85.8 分			
	综合素养区域	良好			
	综合素养评语	80 分≤学业质量达成度<90 分，说明你的师德规范、教育情怀、体育学科核心素养、教学能力、科研能力、沟通合作能力、实践创新能力及综合育人能力得到进一步的提升，较好地形成了体育学原理的认识角度、思维方式及知识结构，能够比较系统地分析解释、说明论证体育教学、科学健身和训练竞赛领域的一些实际问题。希望在今后的学习中能够养成乐学善学、勤于思考、勇于探究的学习态度，不断尝试深度学习，强化自主探究能力、教学能力、沟通合作能力和实践创新能力			
	知识学习总分	15.73 分			
	知识学习区域	不及格			
	知识学习评语	知识学习达成度<18.30 分，说明体育学科核心素养提升不大，对"体育概论"基础理论知识的学习理解尚未达到辨识记忆、概括关联及说明论证的水平，体育学原理的认识角度、思维方式及知识结构尚未形成。在今后学习中需要积极参与课堂教学，认真听课，按要求完成课后学习任务。其中，如果在单元测验、知识问答、即时课堂互动活动中有一定数量的优秀，那么说明你有一定的辨识记忆和概括关联知识的能力，但知识运用、说明论证和迁移创新能力相对薄弱，需要在今后的学习中引起重视。如果在课堂讨论、课后反思、个人作业、小组作业和非标准化答案考试中有一定数量的优秀，那么说明你在体育教学、健身指导和训练竞赛中的某个领域具备一定的整合知识、运用知识的能力			

续表

姓名		徐××
效果反馈	能力发展总分	29.315 分
	能力发展区域	良好
	能力发展评语	28.40 分≤能力发展达成度<31.95 分，说明你的教学能力、沟通合作能力、组织策划能力、研究能力、实践创新能力及综合育人能力得到进一步的提升。其中，如果在单元测验、知识问答、即时课堂互动和课堂常规活动中获得优秀数量相对较多，那么说明你具有较好的自我管理、分析判断和解释说明能力。如果在课堂讨论、课后反思、个人作业、小组作业和非标准化答案考试中获得优秀数量相对较多，那么说明你具有较好的自主探究能力、信息技术应用能力、组织策划能力和沟通合作能力，并能够在体育教学、科学健身和训练竞赛领域中表现出较好的研究能力和实践创新能力
	价值塑造总分	40.755 分
	价值塑造区域	优秀
	价值塑造评语	价值塑造达成度≥30.60 分，说明你的师德规范、教育情怀得到十分有效的提升。其中，如果在单元测验、知识问答、即时课堂互动和课堂常规活动中获得优秀数量相对较多，那么说明你学习态度端正、积极主动、乐学善学，能够很好地做到诚实守信、遵守规则、尊师重教，具有高度的责任感和职业认同度。如果在课堂讨论、课后反思、个人作业、小组作业和非标准化答案考试中获得优秀数量相对较多，那么说明你具有很好的勤于反思、敢于质疑、精益求精、追求卓越、勇于探究和团队协作的科学精神，以及无私奉献、志愿服务、不畏困难的精神

从表 6-17 中的内容来看，范××在第二轮行动研究中的表现优异，共获得了 9 次"优秀"，且在各方面都达到了优秀区域的分数要求。从成果产出情况来看，范××几乎在所有活动中都有着积极的表现，在个人作业活动中更是能够大胆发表自身观点，展现出先进的个人思想、责任担当等必备品格。可见在第二轮行动研究中，教学活动的评价标准改进与产出建议的设置为学生参与不同的教学活动提供了动力。针对这类发展较为全面的学生，修改后的个性化反馈报告能够进一步帮助学生进行查漏补缺，明确自身的优势。

表 6-17　第二轮个性化反馈报告案例 3

姓名			范××		
成果产出	教学活动	优秀总数/个	知识学习得分/分	能力发展得分/分	价值塑造得分/分
	线上自主预习	0	0	0	0
	单元测验	1	50	25	25
	知识问答	1	40	40	20
	课堂讨论	0	0	0	0
	即时课堂互动	1	40	40	20
	个人作业	3	75	112.5	112.5
	小组作业	1	25	50	25
	课后反思	0	0	0	0
	课堂常规	1	0	25	75
	非标准化答案考试	1	25	37.5	37.5
效果反馈	总分		100 分		
	综合素养区域		优秀		
	综合素养评语		学业质量达成度≥90 分，说明你的师德规范、教育情怀、体育学科核心素养、教学能力、科研能力、沟通合作能力、实践创新能力及综合育人能力得到十分有效的提升，很好地形成了体育学原理的认识角度、思维方式及知识结构，能够非常系统地分析解释、说明论证体育教学、科学健身和训练竞赛领域的一些实际问题。希望在今后的学习中能够一如既往地自尊自信、自强自立，不断超越自我、实现自我		
	知识学习总分		36.465 分		
	知识学习区域		优秀		
	知识学习评语		知识学习达成度≥27.45 分，说明体育学科核心素养得到十分有效的提升，对"体育概论"基础理论知识的学习理解达到系统的辨识记忆、概括关联及说明论证的水平，很好地形成了体育学原理的认识角度、思维方式及知识结构。其中，如果在单元测验、知识问答、即时课堂互动活动中获得优秀数量相对较多，那么说明你具有很好的辨识记忆和概括关联知识的能力，但知识运用、说明论证和迁移创新能力仍有待提升。如果在课堂讨论、课后反思、个人作业、小组作业和非标准化答案考试中获得优秀数量相对较多，那么说明你能够系统地整合知识、运用知识，以及分析判断、说明论证、推理预测、系统探究体育教学、健身指导和训练竞赛领域的一些实际问题		

续表

姓名		范××
效果反馈	能力发展总分	47.19 分
	能力发展区域	优秀
	能力发展评语	能力发展达成度≥31.95 分，说明你的教学能力、沟通合作能力、组织策划能力、研究能力、实践创新能力及综合育人能力得到十分有效的提升。其中，如果在单元测验、知识问答、即时课堂互动和课堂常规活动中获得优秀数量相对较多，那么说明你具有很好的自我管理、分析判断和解释说明能力。如果在课堂讨论、课后反思、个人作业、小组作业和非标准化答案考试中获得优秀数量相对较多，那么说明你具有很好的自主探究能力、信息技术应用能力、组织策划能力和沟通合作能力，并能够在体育教学、科学健身和训练竞赛领域中表现出很好的研究能力和实践创新能力
	价值塑造总分	45.045 分
	价值塑造区域	优秀
	价值塑造评语	价值塑造达成度≥30.60 分，说明你的师德规范、教育情怀得到十分有效的提升。其中，如果在单元测验、知识问答、即时课堂互动和课堂常规活动中获得优秀数量相对较多，那么说明你学习态度端正、积极主动、乐学善学，能够很好地做到诚实守信、遵守规则、尊师重教，具有高度的责任感和职业认同度。如果在课堂讨论、课后反思、个人作业、小组作业和非标准化答案考试中获得优秀数量相对较多，那么说明你具有很好的勤于反思、敢于质疑、精益求精、追求卓越、勇于探究和团队协作的科学精神，以及无私奉献、志愿服务、不畏困难的精神

从表 6-18 中的内容来看，王××在第二轮行动研究中共获得了 6 次"优秀"，整体表现良好，但知识学习和能力发展的评分都距离"优秀"有一定的差距。通过查看王××的成果产出情况可知，王××主要的成果产出源自课堂常规，其他教学活动虽然也获得了成果产出，但仅在知识问答、即时课堂互动与个人作业中各获得了 1 次"优秀"。针对这类发展较为不均衡的学生，修改后的个性化反馈报告对教学活动与对应发展区域的分析都变得更加精准，通过明晰不同教学活动成果产出的数量，能够为学生自我改进提供科学的参考依据。

表6-18 第二轮个性化反馈报告案例4

姓名		王××			
成果产出	教学活动	优秀总数/个	知识学习得分/分	能力发展得分/分	价值塑造得分/分
	线上自主预习	0	0	0	0
	单元测验	0	0	0	0
	知识问答	1	40	40	20
	课堂讨论	0	0	0	0
	即时课堂互动	1	40	40	20
	个人作业	1	25	37.5	37.5
	小组作业	0	0	0	0
	课后反思	0	0	0	0
	课堂常规	3	0	75	225
	非标准化答案考试	0	0	0	0
效果反馈	总分	85.8 分			
	综合素养区域	良好			
	综合素养评语	80 分≤学业质量达成度<90 分，说明你的师德规范、教育情怀、体育学科核心素养、教学能力、科研能力、沟通合作能力、实践创新能力及综合育人能力得到进一步的提升，较好地形成了体育学原理的认识角度、思维方式及知识结构，能够比较系统地分析解释、说明论证体育教学、科学健身和训练竞赛领域的一些实际问题。希望在今后的学习中能够养成乐学善学、勤于思考、勇于探究的学习态度，不断尝试深度学习，强化自主探究能力、教学能力、沟通合作能力和实践创新能力			
	知识学习总分	15.015 分			
	知识学习区域	不及格			
	知识学习评语	知识学习达成度<18.30 分，说明体育学科核心素养提升不大，对"体育概论"基础理论知识的学习理解尚未达到辨识记忆、概括关联及说明论证的水平，体育学原理的认识角度、思维方式及知识结构尚未形成。在今后学习中需要积极参与课堂教学，认真听课，按要求完成课后学习任务。其中，如果在单元测验、知识问答、即时课堂互动活动中有一定数量的优秀，那么说明你有一定的辨识记忆和概括关联知识的能力，但知识运用、说明论证和迁移创新能力相对薄弱，需要在今后的学习中引起重视。如果在课堂讨论、课后反思、个人作业、小组作业和非标准化答案考试中有一定数量的优秀，那么说明你在体育教学、健身指导和训练竞赛中的某个领域具备一定的整合知识、运用知识的能力			

续表

姓名		王××
效果反馈	能力发展总分	27.5275 分
	能力发展区域	中等
	能力发展评语	24.85 分≤能力发展达成度<28.40 分，说明你的教学能力、沟通合作能力、组织策划能力、研究能力、实践创新能力及综合育人能力有所提升。其中，如果在单元测验、知识问答、即时课堂互动和课堂常规活动中获得优秀数量相对较多，那么说明你具有一定的自我管理、分析判断和解释说明能力。如果在课堂讨论、课后反思、个人作业、小组作业和非标准化答案考试中获得一定数量的优秀，那么说明你具有一定的自主探究能力、信息技术应用能力、组织策划能力和沟通合作能力，并能够在体育教学、科学健身和训练竞赛某个领域中表现出一定的研究能力和实践创新能力
	价值塑造总分	43.2575 分
	价值塑造区域	优秀
	价值塑造评语	价值塑造达成度≥30.60 分，说明你的师德规范、教育情怀得到十分有效的提升。其中，如果在单元测验、知识问答、即时课堂互动和课堂常规活动中获得优秀数量相对较多，那么说明你学习态度端正、积极主动、乐学善学，能够很好地做到诚实守信、遵守规则、尊师重教，具有高度的责任感和职业认同度。如果在课堂讨论、课后反思、个人作业、小组作业和非标准化答案考试中获得优秀数量相对较多，那么说明你具有很好的勤于反思、敢于质疑、精益求精、追求卓越、勇于探究和团队协作的科学精神，以及无私奉献、志愿服务、不畏困难的精神

从表 6-19 中的内容来看，丹××在第二轮行动研究中共获得了 7 次"优秀"，符合满分的优秀标准，但知识学习区域仅获得了"及格"的评价。从成果产出情况来看，丹××所获得的成果产出几乎不需要自我展示，但在个人作业与非标准化答案考试上都拥有着优异的表现，可见丹××对于知识的理解、运用及学习态度都已满足"体育概论"的课程目标，但缺乏一定的积极性。相较于第一轮行动研究，修改后的个性化反馈报告对学生的行为表现记录更为全面、精细，对这类积极性较低的学生的改进反馈也更加准确。

表 6-19　第二轮个性化反馈报告案例 5

姓名			丹××		
成果产出	教学活动	优秀总数/个	知识学习得分/分	能力发展得分/分	价值塑造得分/分
	线上自主预习	0	0	0	0
	单元测验	0	0	0	0
	知识问答	0	0	0	0
	课堂讨论	0	0	0	0
	即时课堂互动	1	40	40	20
	个人作业	3	75	112.5	112.5
	小组作业	0	0	0	0
	课后反思	0	0	0	0
	课堂常规	2	0	50	150
	非标准化答案考试	1	25	37.5	37.5
效果反馈	总分	\multicolumn{4}{c}{100 分}			
	综合素养区域	\multicolumn{4}{c}{优秀}			
	综合素养评语	\multicolumn{4}{c}{学业质量达成度≥90 分,说明你的师德规范、教育情怀、体育学科核心素养、教学能力、科研能力、沟通合作能力、实践创新能力及综合育人能力得到十分有效的提升,很好地形成了体育学原理的认识角度、思维方式及知识结构,能够非常系统地分析解释、说明论证体育教学、科学健身和训练竞赛领域的一些实际问题。希望在今后的学习中能够一如既往地自尊自信、自强自立,不断超越自我、实现自我}			
	知识学习总分	\multicolumn{4}{c}{20.02 分}			
	知识学习区域	\multicolumn{4}{c}{及格}			
	知识学习评语	\multicolumn{4}{c}{18.30 分≤知识学习达成度<21.35 分,说明体育学科核心素养有一定的提升,对"体育概论"基础理论知识的学习理解基本达到辨识记忆、概括关联及说明论证的水平,有一定的体育学原理的认识角度、思维方式及知识结构。其中,如果在单元测验、知识问答、即时课堂互动活动中有一定数量的优秀,那么说明你有一定的辨识记忆和概括关联知识的能力,但知识运用、说明论证和迁移创新能力相对薄弱,需要在今后的学习中引起重视。如果在课堂讨论、课后反思、个人作业、小组作业和非标准化答案考试中有一定数量的优秀,那么说明你在体育教学、健身指导和训练竞赛中的某个领域具备一定的整合知识、运用知识的能力,在今后的学习中,需要进一步拓展专业认知的广度和深度}			

续表

姓名		丹××
效果反馈	能力发展总分	34.32 分
	能力发展区域	优秀
	能力发展评语	能力发展达成度≥31.95 分，说明你的教学能力、沟通合作能力、组织策划能力、研究能力、实践创新能力及综合育人能力得到十分有效的提升。其中，如果在单元测验、知识问答、即时课堂互动和课堂常规活动中获得优秀数量相对较多，那么说明你具有很好的自我管理、分析判断和解释说明能力。如果在课堂讨论、课后反思、个人作业、小组作业和非标准化答案考试中获得优秀数量相对较多，那么说明你具有很好的自主探究能力、信息技术应用能力、组织策划能力和沟通合作能力，并能够在体育教学、科学健身和训练竞赛领域中表现出很好的研究能力和实践创新能力
	价值塑造总分	45.76 分
	价值塑造区域	优秀
	价值塑造评语	价值塑造达成度≥30.60 分，说明你的师德规范、教育情怀得到十分有效的提升。其中，如果在单元测验、知识问答、即时课堂互动和课堂常规活动中获得优秀数量相对较多，那么说明你学习态度端正、积极主动、乐学善学，能够很好地做到诚实守信、遵守规则、尊师重教，具有高度的责任感和职业认同度。如果在课堂讨论、课后反思、个人作业、小组作业和非标准化答案考试中获得优秀数量相对较多，那么说明你具有很好的勤于反思、敢于质疑、精益求精、追求卓越、勇于探究和团队协作的科学精神，以及无私奉献、志愿服务、不畏困难的精神

通过分析以上案例可知，将非标准化答案考试纳入过程性评价范围后，个性化反馈报告能够更加精准地反映出学生的综合发展情况。同时该反馈方式在"全方位"评价的基础上，进一步落实了师范类专业认证"全过程"的评价要求，解决了非标准化答案考试缺乏反馈、不被重视的问题，并能够从更多角度给予学生直观、可见的学习效果反馈。

五、第二轮行动研究反思

虽然线上教学对研究计划的实施产生了一定干扰，但从第二轮行动研究的结果来看，改进措施仍然取得了一定的成效。具体的成效与不足如下。

（一）第二轮行动研究的成效

（1）进一步提高了学生在教学活动中的产出概率。经过第一轮行动研究的结果分析，第二轮行动研究依据学生实际行为表现修改教学活动的评价标准，提高了教学活动的成果产出率，同时新增的教学活动为学生提供了更多的参与机会，降低了学生成果产出的难度。

（2）进一步满足了师范类专业认证的评价要求。针对第一轮行动研究中非标准化答案考试反馈不足的问题，第二轮行动研究改变评价标准，使成果产出数量成为唯一评价内容，同时个性化反馈报告实现了学生学习全过程覆盖，进一步落实了"全方位、全过程"学习效果评价的要求。

（二）第二轮行动研究的不足

（1）活动修改后的稳定性需进一步验证。线上自主预习、课堂讨论与课后反思在第二轮行动研究中受线上教学影响，可供采集的评价数据较少，需要在后续教学过程中继续观察学生的行为表现，判断第二轮行动研究改进的效果是否具备真实性。

（2）线上教学活动的内容设计略有不足。依据第二轮行动研究的教学活动结果分析来看，线上教学活动主要的成果产出来自价值塑造目标，能力发展目标与知识学习目标的部分成果产出需要通过线下师生互动展现，教学活动的内容与形式仍存在改进空间。

参考文献

【专著类】

[1] 教育学名词审定委员会．教育学名词[M]．北京：高等教育出版社，2013．

[2] 广东、广西、湖南、河南辞源修订组，商务印书馆编辑部．辞源（修订本）第二册[M]．北京：商务印书馆，1981．

[3] 夏征农．辞海（1999年版缩印本）[M]．上海：上海辞书出版社，2000．

[4] 中国社会科学院语言研究所词典编辑室．现代汉语词典[M]．7版．北京：商务印书馆，2016．

[5] NOLAN J，HOOVER L A．教师督导与评价——理论与实践的结合[M]．兰英，译．北京：中国轻工业出版社，2007．

[6] 王景英．教育评价理论与实践[M]．长春：东北师范大学出版社，2002．

[7] 王汉澜．教育评价学[M]．郑州：河南大学出版社，1995．

[8] 范晓玲．教学评价论[M]．长沙：湖南教育出版社，1999．

[9] 恩格斯，马克思．马克思恩格斯选集（第一卷）[M]．中共中央马克思恩格斯列宁斯大林著作编译局，译．北京：人民出版社，1972．

[10] 余文森．核心素养导向的课程教学[M]．上海：上海教育出版社，2017．

[11] ELLEN WEBER．怎样评价学生才有效——促进学习的多元化评价策略[M]．陶志琼，译．北京：中国轻工业出版社，2016．

[12] SPADY W D. Outcome-based education: Critical issues and answers[M]. Arlington, VA: American Association of School Administrators, 1994.

[13] 杨文轩，陈琦．体育概论[M]．2版．北京：高等教育出版社，2013．

[14] 郭玉英，姚建欣，张玉峰，等．基于学生核心素养的物理学科能力研究[M]．北京：北京师范大学出版社，2017．

[15] L.W.安德森，等．学习、教学和评估的分类学：布卢姆教育目标分类学修订版（简缩本）[M]．皮连生，译．上海：华东师范大学出版社，2008．

[16] 朱德金，宋乃庆．现代教育统计与测评技术[M]．重庆：西南师范大学出版社，1998．

【中文期刊类】

[1] 刘莉莉，陆超．高校师范类专业认证的历史必然与制度优化[J]．教师教育研究，2019（5）：40-45．

[2] 鞠秀奎，李成梁．基于师范类专业认证的体育教育专业课程评价指标体系构建[J]．沈阳体育学院学报，2020，39（5）：49-57．

[3] 向福，王锋，项俊. 师范类专业认证背景下课程目标达成度评价及持续改进策略[J]. 中国大学教学，2021（7）：74-79.

[4] 胡万山. 师范类专业认证背景下教师教育改革的意义与路径[J]. 黑龙江高教研究，2018，36（7）：25-28.

[5] 杨现民，余胜泉. 论我国数字化教育的转型升级[J]. 教育研究，2014，35（5）：113-120.

[6] 陆国栋. 我国大学教育现状与教学方法改革[J]. 中国高等教育，2013（23）：42-44.

[7] 张文雪，王孙禺，李蔚. 高等工程教育专业认证标准的研究与建议[J]. 高等工程教育研究，2006，（5）：22-26.

[8] 路书红，黎芳媛. 专业认证视角下的师范专业发展探析[J]. 教育发展研究，2017，37（22）：65-69，84.

[9] 张松祥. 我国师范专业认证需要关注的若干问题及其对策研究[J]. 教育发展研究，2017，37（Z2）：38-44.

[10] 高凌飚. 过程性评价的理念和功能[J]. 华南师范大学学报（社会科学版），2004（6）：102-106，113-160.

[11] 谢同祥，李艺. 过程性评价：关于学习过程价值的建构过程[J]. 电化教育研究，2009（6）：17-20.

[12] 彭广森，崇敬红. 中小学生学业成绩评价改革初探[J]. 教育实践与研究，2003（11）：17-18.

[13] 钱学森. 论科学技术[J]. 科学通报，1957（4）：97-104.

[14] 王定华. 我国高校师范类专业认证的缘起与方略[J]. 中国高等教育，2019（18）：20-22.

[15] 何毅，董国永，凌晨，等. 专业认证背景下我国体育教师资格认证的优势、问题及策略[J]. 体育学刊，2019，26（6）：113-118.

[16] 张怡红，刘国艳. 专业认证视阈下的高校师范专业建设[J]. 高教探索，2018（8）：25-29.

[17] 刘河燕. 基于师范类专业认证的教师教育课程内容改革研究[J]. 现代大学教育，2019（4）：24-29，112.

[18] 董翠香，韩改玲，朱春山，等. 师范类专业认证背景下体育教育专业课程思政教学实践探索[J]. 天津体育学院学报，2022，37（1）：32-37.

[19] 丁文，梁枢. 师范专业认证背景下体育教育专业改革研究[J]. 体育与科学，2022，43（3）：39-43，49.

[20] 于开莲，宋鹏雁，张慧，等. 循证师范专业认证视域下学前教育专业本科教育实习评价标准构建研究[J]. 教师教育研究，2022，34（1）：40-48，56.

[21] 陈辉映. 师范类专业认证背景下体育教育专业人才培养目标体系研究——基于"目的适切性"质量观的视角[J]. 体育学研究，2022，36（4）：66-74.

[22] 杨现民，余胜泉. 智慧教育体系架构与关键支撑技术[J]. 中国电化教育，2015（1）：77-84，130.

[23] 陈璐瑶. 教师教学深度转型：迈向智慧教学[J]. 教学与管理，2014（27）：131-133.

[24] 黄爱华. 信息化时代的高校思政课教学模式变革[J]. 中国大学教学，2014（9）：45-49.

[25] 徐明慧，李汉邦. 美国大学学习效果评估的演化与新发展[J]. 中国高等教育，2011（Z1）：57-59.

[26] 李志义. 解析工程教育专业认证的学生中心理念[J]. 中国高等教育，2014（21）：19-22.

[27] 任纪飞. 沈阳体育学院篮球普修课考核内容与评价体系的研究[J]. 沈阳体育学院学报，2008（3）：98-100.

[28] 许滨，徐校飞. 高校篮球专项女生竞技水平的量化评价[J]. 北京体育大学学报，2011，34（6）：111-113，121.

[29] 李实，吕纳，马杰，等. 篮球战术基础配合定量评价方法研究[J]. 天津体育学院学报，2006（4）：357-359.

[30] 赵志明. 大学生男子运动员篮球意识评价指标的研究[J]. 北京体育大学学报，2007（9）：1275-1276，1279.

[31] 王明献，詹建国，张玉宝. 体育教育专业田径课程存在问题及改革方向[J]. 北京体育大学学报，2013，36（2）：110-114.

[32] 傅建. "一流专业"与高等教育体育专业建设思考——黄汉升教授学术访谈录[J]. 体育与科学，2019，40（6）：1-5.

[33] 张宏杰，张元文，Dr. Jens Haaf. 中、德两国大学本科体育教育课程设置分析——苏州大学与德国海德堡大学对比[J]. 成都体育学院学报，2006，32（6）：114-117.

[34] 邹克宁，康鹤鹏，张玲玲. 实施新课标形势下体育教育专业田径课程改革的理论研究[J]. 武汉体育学院学报，2009，43（5）：82-86.

[35] 刘东. 普通高校篮球课异质分组合作教学评价方法实验研究[J]. 北京体育大学学报，2012，35（5）：95-98.

[36] 刘传进，顾伟农. 对我国体院体育教育专业排球专修课考评体系现状的调查与分析[J]. 山东体育学院学报，2006（4）：107-110.

[37] 郭斌. 体育教育专业篮球专修课程过程性评价研究[J]. 西安体育学院学报，2007（5）：112-115.

[38] 张晓莹，刘志红，王立红，等. 体育院校健美操普修课教学评价体系研究——学生学习评价方案设计[J]. 北京体育大学学报，2007（10）：1388-1391.

[39] 刘静. 上海体育学院武术专项课程教学改革策略[J]. 上海体育学院学报，2007（6）：84-87.

[40] 张孟红. 高师体育教育专业健美操课程评价方法的改革实验[J]. 成都体育学院学报，2006（6）：105-106，113.

[41] 吴晓峰，张涵劲. 对普通高校体育教育专业体操课程技术考核内容改革的思考[J]. 北京体育大学学报，2008（8）：1105-1107.

[42] 游道镕,路春雷,孙健,等.关于体育教育专业排球专项能力评价标准的研究[J].山东体育学院学报,1993（3）：59-63.

[43] 龚大利,刘爱华,胡凤兰,等.山东体育学院体育教育专业乒乓球专选前专项及身体素质测试指标体系与评价标准的研究[J].山东体育学院学报,2000（3）：50-51,54.

[44] 牟智佳,刘珊珊,陈明选.循证教学评价：数智化时代下高校教师教学评价的新取向[J].中国电化教育,2021（9）：104-111.

[45] 康淑敏.信息化背景下的教学方式变革研究[J].教育研究,2015,36（6）：96-102.

[46] 刘革平,刘选.跨学科比较视域下智慧教育的概念模型[J].电化教育研究,2021,42（3）：5-11.

[47] 卫建国.英国大学以学生为中心的优质教学探析[J].高等教育研究,2016,37（10）：104-109.

[48] 余文森.能力导向的课程有效教学[J].全球教育展望,2018,47（1）：21-34.

[49] 张立山,冯硕,李亭亭.面向课堂教学评价的形式化建模与智能计算[J].现代远程教育研究,2021（1）：13-25.

[50] 肖龙海,陆叶丰.智慧课堂的高阶思维评价研究[J].现代教育技术,2021,31（11）：12-19.

[51] 章木林,孙小军.基于慕课的翻转课堂教学模式研究——以大学英语后续课程为例[J].现代教育技术,2015,25（8）：81-87.

[52] 陈斌.翻转课堂在高职思政课教学中的运用研究[J].教育理论与实践,2023,43（3）：46-49.

[53] 李赟,林祝亮.高等教育翻转课堂教学效果分析与思考[J].电化教育研究,2016,37（2）：82-87.

[54] 杨开城,卢韵.一种教学评价新思路：用教学过程证明教学自身[J].现代远程教育研究,2021,33（6）：49-54.

[55] 恽敏霞,彭尔佳,何永红.核心素养视域下学业质量评价的现实审视与区域构想[J].教育发展研究,2019（6）：65-70.

[56] 毛刚,周跃良,何文涛.教育大数据背景下教学评价理论发展的路向[J].电化教育研究,2020,41（10）：22-28.

[57] 王琰春.西方教育评价观的演进及对我国的启示[J].教育与现代化,2003（1）：74-78.

[58] 郭元祥,吴宏.论课程知识的本质属性及其教学表达[J].课程·教材·教法,2018,38（8）：43-49.

[59] 刘华.学习观转型与教学变革深度推进[J].全球教育展望,2011,40（6）：23-27.

[60] 杨清.学校课堂教学评价：价值的判断、挖掘与提升[J].教育科学研究,2021（11）：61-65,71.

[61] 武法提,田浩,王瑜,等.智慧教育视野下基于Rasch模型的知识掌握与认知能力分析研究[J].华东师范大学学报（教育科学版）,2021,39（8）：57-69.

[62] 马晓春，周海瑛. 认证标准视阈：师范专业质量保障体系构建新路向[J]. 现代教育管理，2021（1）：76-84.

[63] 胡建波. 应用型高校"以学生为中心"范式转型的案例研究——西安欧亚学院的实践与思考[J]. 高等教育研究，2021，42（11）：57-68.

[64] 赵炬明. 论新三中心：概念与历史——美国 SC 本科教学改革研究之一[J]. 高等工程教育研究，2016（3）：35-56.

[65] 文秋芳. 构建"产出导向法"理论体系[J]. 外语教学与研究，2015，47（4）：547-558，640.

[66] 李志义，朱泓，刘志军，等. 用成果导向教育理念引导高等工程教育教学改革[J]. 高等工程教育研究，2014（2）：29-34，70.

[67] 申天恩，斯蒂文·洛克. 论成果导向的教育理念[J]. 高校教育管理，2016，10（5）：47-51.

[68] 林健. 工程教育认证与工程教育改革和发展[J]. 高等工程教育研究，2015（2）：10-19.

[69] 施晓秋. 遵循专业认证 OBE 理念的课程教学设计与实施[J]. 高等工程教育研究，2018（5）：154-160.

[70] 王金旭，朱正伟，李茂国. 成果导向：从认证理念到教学模式[J]. 中国大学教学，2017（6）：77-82.

[71] 王松丽，李琼. 师范类专业认证的循证评估：基于学习结果的视角[J]. 教师教育研究，2020，32（6）：8-13.

[72] 郭文革. 高等教育质量控制的三个环节：教学大纲、教学活动和教学评价[J]. 中国高教研究，2016（11）：58-64.

[73] 段茂君，郑鸿颖. 基于深度学习的高阶思维培养模型研究[J]. 现代教育技术，2021，31（3）：5-11.

[74] 何恩鹏，马嵘. 基于知识进阶的学习者高阶思维能力培养研究[J]. 教育理论与实践，2021，41（7）：59-64.

[75] 常虎温. 核心素养中的"关键能力"和"必备品格"及对教师教学的启示[J]. 教育理论与实践，2018，38（20）：53-54.

[76] 钟启泉. 发挥"档案袋评价"的价值与能量[J]. 中国教育学刊，2021（8）：67-71.

【外文期刊类】

[1] ZHOU Q. On teaching assessment information system of university physical education curriculum[J]. Applied mechanics and materials, 2013, 347: 3372-3376.

[2] LEE S M, WECHSLER H. Physical education curriculum analysis tool[J]. Centers for Disease Control and Prevention, 2006, 21(20): 210.

[3] SHAHRABADI E, REZAEIAN M, HAGHDOOST A. Prediction of academic achievement assessment in university of medical sciences, Based on the students' Course experience[J].

Journal of strides development medical education, 2014, 10(4): 485-493.

[4] CONNIE F. How teachers can use PE metrics for grading[J]. Journal of physical education, recreation and dance, 2012(5): 114-118.

[5] ALEKSIC-VELJKOVIC A, D STOJANOVIĆ. Evaluation of the physical fitness level in physical education female students using "Eurofit-Test"[J]. International journal of sports science and physical education, 2017, 2(1): 1-15.

[6] TAKAHASHI T, OKAZAWA Y, OTOMO S. The effectiveness of observation system of academic learing time in physical education[J]. Research of physical education, 1989, 34(1): 31-43.

[7] MOTIWALLA L F. Mobile learning: A framework and evaluation[J]. Computers & education, 2007, 49(3): 581-596.

[8] HATIVA N. What does the research say about good teaching and excellent teachers[J]. Teaching in the academia, 2015, 5: 42-74.

[9] MOHAMMADI S, HOMAYOUN S. Strategic evaluation of Web-based E-learning; a review on 8 articles[J]. Advances in computer science an international journal, 2013, 2(2): 13-18.

[10] VAN DER SPEK E D, VAN OOSTENDORP H, MEYER J J. Introducing surprising events can stimulate deep learning in a serious game[J]. British journal of educational technology, 2013, 44(1): 156-169.

[11] STIGGINS R J. Improve assessment literacy outside of schools too[J]. Phi Delta Kappan, 2014, 96(2): 67-72.

【学位论文类】

[1] 王阳阳. 澳大利亚教师教育专业认证研究[D]. 长春：东北师范大学，2017.

[2] 李明丽. 英国职前教师教育专业认证研究[D]. 长春：东北师范大学，2018.

[3] 查春艳. 基于师范类专业认证的体育骨干教师评价指标体系构建与应用研究[D]. 上海：华东师范大学，2022.

[4] 薛晨旭. 师范类专业认证下体育教育专业就业质量评价体系研究[D]. 银川：宁夏大学，2021.

[5] 王婷. 发展性课堂教学评价研究[D]. 济南：山东师范大学，2006.

[6] 王艳君. 思维发展型课堂的"五位一体"教学研究[D]. 银川：宁夏大学，2019.

[7] 莫劲松. 体育教育专业篮球普修"金课"建设研究[D]. 桂林：广西师范大学，2021.

[8] 李静. 师范专业认证标准下高师院校师范生核心素养培养研究[D]. 南宁：南宁师范大学，2019.

[9] 王芸. 我国师范类专业认证实践研究——以广西为例[D]. 桂林：广西师范学院，2017.

[10] 翟亚军. 大学学科建设模式研究[D]. 合肥：中国科学技术大学，2007.

[11] 董秀华. 市场准入与高校专业认证制度研究[D]. 上海：华东师范大学，2004.

[12] 马芸. 基于MOOC的混合式教学促进大学生高阶学习的研究[D]. 吉林：东北师范大学，2019.

【电子资源类】

[1] 教育部. 教育部等五部门关于印发《教师教育振兴行动计划（2018—2022年）》的通知[EB/OL].（2018-02-11）[2018-03-22]. http://www.moe.gov.cn/srcsite/A10/s7034/201803/t20180323_331063.html.

[2] 教育部. 教育部关于印发《普通高等学校师范类专业认证实施办法（暂行）》的通知[EB/OL].（2017-10-26）[2017-11-08]. https://www.gov.cn/xinwen/2017-11/08/content_5238018.htm.

[3] 李克强. 政府工作报告——2018年3月5日在第十三届全国人民代表大会第一次会议上[EB/OL].（2018-03-22）[2018-05-22]. https://www.gov.cn/guowuyuan/2018-03/22/content_5276608.htm.

【其他类】

[1] 文秋芳. 输出驱动假设和问题驱动假设——论述新世纪英语专业课程设置与教学方法的改革[R]. 上海：首届全国英语专业院系主任高级论坛，2007.

附　　录

附录一　第一轮行动研究过程性评价成绩记录档案袋

附图 1-1～附图 1-5 为第一轮行动研究过程性评价成绩记录档案袋。

过程性评价成绩记录档案袋

2021体育教育2.5班　第1排

序号	姓名	周次														非标准化考核考试	
		1	2	3	4	5	6	7	8	9	10	11	12	13	14	15	~~16~~	总分
1	张元璋				③√		④√			⑥√	⑦×		②×	⑥√	⑦√ ⑦√	⑧√ ⑧√	85	95.5
2	李少聪						③√			⑥√				⑥√	⑦√ ⑦√	⑧√ ⑧√	86	95.8
3	武昊									⑥√			③√	⑥√	⑦√ ⑦√	⑧√ ⑧√	85	95.5
4	黄帅	④× ⑧×							⑥√				②√	⑥√	⑦√ ⑦×		85	61.25
5	彭翔翔				③√				⑥√			②√	②√ ②√	⑥√	⑦√ ⑦√	⑧√	85	95.5
6	葛立凯						③√		⑥√				③√ ④√	⑥√	⑦√ ⑦√	⑧√	85	95.5
7	胡栋梁		④×				③√	④√	⑥√				②×	⑥√	⑦√ ⑦√		85	85.56
8	钱正康				③√					⑥√				⑥√	⑦√ ⑦√	⑧√ ⑧√	84	95.2
9	刘靖		③×	④√			④√			⑥√			②√	⑥√	⑦√ ⑦√	⑧√ ⑧√	85	95.5
10	张博文						③√			⑥√			②√	⑥√	⑦√ ⑦√	⑧√ ⑧√	84	95.2

附图 1-1　过程性评价成绩记录档案袋 1

过程性评价成绩记录档案袋

2021体育教育2.5班　第2排

序号	姓名	周次														非标准化考核考试	
		1	2	3	4	5	6	7	8	9	10	11	12	13	14	15	~~16~~	总分
1	赵锦阳		③× ④×						⑥√				②√	⑥√	⑦√ ⑦×	⑧√ ⑧√	84	95.2
2	王宏熠								⑥√			③√	④√	⑥√	⑦√ ⑦×	⑧√ ⑧√	84	95.2
3	杨桉						②×		⑥√	①×				⑥√	⑦√ ⑦√	⑧√ ⑧√	86	85.26
4	张轩									①×	⑥×		②×	⑥√	⑦√ ⑦√	⑧√ ⑧√ ⑧√	85	95.5
5	孙玉岩		④×	②√	③√						⑥×			⑥√	⑦√ ⑦√	⑧√ ⑧√ ⑧√	84	95.2
6	谭自强			②√			③√		①×		⑥×	②√		⑥√	⑦√ ⑦√	⑧√ ⑧√ ⑧√	85	95.5
7	刘凯序		②×								⑥×			⑥√	⑦√ ⑦√	⑧√ ⑧√ ⑧√	86	95.8
8	韩仲夫		④×				③√						⑥×	⑥√	⑦√ ⑦√		84	65.24
9	曹修哲				③√								①×	⑥√	⑦√ ⑦√	⑧√	84	75.25
10	谢宏峰						③√						⑥×	④×				

附图 1-2　过程性评价成绩记录档案袋 2

过程性评价成绩记录档案袋

2021体育教育2.5班 第3排

序号	姓名	周次														非标准化结课考试	
		1	2	3	4	5	6	7	8	9	10	11	12	13	14	15	~~16~~	总分
1	王文[illegible]									⑥√×				⑥√	⑦√ ⑦√×	⑧√	84	60.235
2	惠家兴				③√					⑥√×			②√	⑥√	⑦√ ⑦√	⑧√	83	84.96
3	张浩		④×				②×	③√		⑥√×				⑥√	⑦√ ⑦√		84	50.225
4	程昱轩			②√×							⑥√×			⑥√	⑦√ ⑦√	⑧√ ⑧√ ⑧√	83	94.9
5	蒋财惠							③√			⑥√×			⑥√	⑦√ ⑦√	⑧√ ⑧√ ⑧√	83	94.9
6	郭子[illegible]			②√×				③√			⑥√×			⑥√	⑦√ ⑦√	⑧√ ⑧√ ⑧√	85	95.5
7	贺桐		④×	②√×	②√						⑥√×			⑥√	⑦√ ⑦√	⑧√ ⑧√ ⑧√	85	95.5
8	喻童						②√	③√	②√×	⑥√				⑥√	⑦√ ⑦√	⑧√ ⑧√	84	95.2
9	卢滕昊		④×							⑥√			②√×	⑥√	⑦√ ⑦√	⑧√ ⑧√	86	85.86
10	彭亚文									⑥√				⑥√	⑦√ ⑦√	⑧√ ⑧√	84	85.26

附图 1-3 过程性评价成绩记录档案袋 3

过程性评价成绩记录档案袋

2021体育教育2.5班 第4排

序号	姓名	周次														非标准化结课考试	
		1	2	3	4	5	6	7	8	9	10	11	12	13	14	15	~~16~~	总分
1	许[illegible]									⑥√×			②×	⑥√ ⑥√	⑦√ ⑦√	⑧√ ⑧√	84	85.26
2	张浩宇		②√×							⑥√×		②√		⑥√ ⑥√	⑦√ ⑦√×	⑧√ ⑧√	84	95.2
3	高俊野		②√× ③√×		②√×		②√	②√		⑥√×		②√	②√×	⑥√ ⑥√	⑦√ ⑦√	⑧√ ⑧√	85	95.5
4	门一尤						③√	②√	⑥√	①×		②√	②√	⑥√ ⑥√	⑦√ ⑦√	⑧√ ⑧√ ⑧√	84	95.2
5	张兴晋								⑥√				②√×	⑥√ ⑥√	⑦√ ⑦√	⑧√ ⑧√ ⑧√	85	95.5
6	李玉志		④×						⑥√					⑥√ ⑥√	⑦√ ⑦√	⑧√ ⑧√ ⑧√	86	95.8
7	杨俊[illegible]								⑥√				②√	⑥√ ⑥√	⑦√ ⑦√	⑧√ ⑧√ ⑧√	85	95.5
8	周亚军				③√×					⑥√				⑥√	⑦√ ⑦√	⑧√ ⑧√	84	95.2
9	王春苑						③√			⑥√			②√	⑥√	⑦√ ⑦√	⑧√ ⑧√	86	95.8
10	张艳超									⑥√			②√×	⑥√	⑦√ ⑦√	⑧√ ⑧√	84	95.2

附图 1-4 过程性评价成绩记录档案袋 4

基于师范类专业认证的"体育概论"课程实施过程性评价模式研究

附图 1-5 过程性评价成绩记录档案袋 5

附录二　第一轮行动研究课堂观察记录表

附表 2-1～附表 2-13 为第一轮行动研究课堂观察记录表。

附表 2-1　第一轮行动研究课堂观察记录表 1

绪论	
周次	第一周
教学形式	线上线下混合式教学
授课对象	2021 级体育教育专业 2 班、5 班
教学目标	知识目标：知道体育概论的研究对象、产生、发展的历程，以及学科基础、教学任务、教学内容、学习方法和教学要求，形成对体育概论整体特征的感性认识。 能力目标：通过撰写《体育之研究》《体育颂》读后感，培养搜集、整理、分析文本资料的能力。 价值目标：激发学习"体育概论"的动机，培养学习"体育概论"的兴趣，端正学习"体育概论"的态度和认识
教学活动	活动内容及产出情况 / 问题反思

教学活动	活动内容及产出情况	问题反思
即时课堂互动	内容：3 道单选题、2 道判断题 产出：单选题正确率 88.9%，判断题正确率 84.4%	本节课为第一次与学生进行即时课堂互动，题目内容较为简单。其中，判断题第二题主要考查学生对于"竞技体育"概念的辨识记忆与理解，但仍有部分学生选择错误。从答题情况来看，部分学生对于基本概念的理解与思考投入较低
个人作业	内容：《体育之研究》或《体育颂》读后感 产出：无	本周的个人作业为第一次个人作业，分为书面递交与演讲两部分。本节课由学生进行书面作业的线上递交，并由教师进行评分。从学生的书面作业情况来看，大部分学生能够准时完成作业并表现个人观点，但无法利用案例论证自己的观点。本节课不记录学生的成果产出，仅向学生反馈分数，以便学生进行自我改进。下周将根据学生的演讲情况对学生进行评价

附表2-2　第一轮行动研究课堂观察记录表2

第一章　体育概念：逻辑学视角下的体育概念	
周次	第二周
教学形式	线上线下混合式教学
授课对象	2021级体育教育专业2班、5班
教学目标	知识目标：知道用逻辑学界定体育概念的方法。 能力目标：发展文献解读能力、书面语言表述能力和演讲能力。 价值目标：通过经典体育作品《体育之研究》读后感作业演讲，深入理解毛泽东健身强国体育思想，领悟传播科学健身的使命与责任
教学活动	活动内容及产出情况　　　　　　　　　问题反思

教学活动	活动内容及产出情况	问题反思
单元测验	内容："绪论"单元测验 产出：无	本次单元测验知识较为简单，大部分学生得分在7～8分，但没有获得满分者，部分学生低于6分。可见大部分学生的知识掌握情况较为良好，但部分学生可能存在课下的自主学习率较低，学习积极性不足的情况，这部分学生需要多加关注
知识问答	内容："绪论"知识问答 产出："良好"4人	本节课在课前利用知识问答进行课堂导入，检验学生对绪论内容的理解。共挑选4人，皆为主动回答。从回答情况来看，学生能够阐述出"体育概论"课程的基本内容，但对于学科定位等较为复杂的概念理解不足，只能背出相应内容，无法回答出基于概念拓展的问题，需要教师着重在后续教学中再次讲解
即时课堂互动	内容：6道判断题 产出：判断题正确率88.9%	本节课仅有一题正确率低于80%，为辨识记忆题，但教师在进行即时讲解后，学生表示理解。可见学生对新知识点的记忆程度较高
个人作业	内容：《体育之研究》或《体育颂》读后感演讲 产出："良好"3人	作为第一次演讲活动，学生参与活动的积极性较高。主动进行演讲的3位学生都能够流利地运用语言表达出作业的主题思想，并引用经典论据进行详细的分析解释，表现较好，但缺乏对个人批判性思维的展现，需要教师多加培育学生的自我反思能力
课堂常规	内容：课堂行为规范 产出："玩手机"9人	在教学过程中共发现9位学生存在玩手机的现象，进行警告后，无再次出现

附表2-3　第一轮行动研究课堂观察记录表3

第一章　体育概念：多维视角下的体育概念	
周次	第三周
教学形式	线上线下混合式教学
授课对象	2021级体育教育专业2班、5班
教学目标	知识目标：能关联实际，辨识记忆体育相关概念，深入认识体育的本质。 能力目标：能客观解释一些社会现象是否是体育，发展语言组织与表达能力、信息教育平台与技术应用能力和文献搜集与整理能力。 价值目标：学会运用多元、辩证、动态、客观的视角分析解决体育实践中的问题，养成良好的思维习惯，并通过经典事件解析、实践活动教学领悟体育魅力，体会体育对人民幸福健康、社会和谐稳定、国家繁荣富强的重要作用，进而坚定体育信念，勇于担负以体育人、以体强国的责任与使命

教学活动	活动内容及产出情况	问题反思
知识问答	内容：第二周知识复习 产出："优秀"3人、"良好"3人	经过第二周学生对知识问答活动的熟悉，本周主动参与活动的学生明显变多。从学生的回答情况来看，面对教师提问的第一题，基本都能够保证熟练地背诵，但第二题的记忆情况明显不如第一题。可见，虽然大部分学生对基础概念掌握得较好，但相近的概念仍然可能存在混淆记忆的情况，对于知识的重难点理解得不够深入
课堂讨论	内容：电子竞技是体育吗 产出：无	主动发表讨论观点的学生较多，但大部分学生在进行表达时无法准确地支撑其观点，主观理解内容较多，客观论据不足。因此针对学生回答情况的不同，对学生给予1~3分的课堂互动积分
课后反思	内容：运用所学知识，从体育本质的视角评析一个体育现象或事件 产出：无	由于活动主题与课堂内容较为接近，主动参与活动的学生较多，参与率约为83%，但仍有部分学生未参与活动。从学生的反思内容来看，与课堂讨论情况较为相似，客观论证的说服力不足，因此本周没有获得优秀的学生。鉴于该活动的评价标准可能较难达成，因此对参与活动的学生加1分，言之有理的加2分，言之有理并能够举例说明的加3分，以此作为鼓励学生参与活动的手段

附表 2-4　第一轮行动研究课堂观察记录表 4

<table>
<tr><td colspan="2">第二章　体育功能</td></tr>
<tr><td>周次</td><td>第四周</td></tr>
<tr><td>教学形式</td><td>线上线下混合式教学</td></tr>
<tr><td>授课对象</td><td>2021 级体育教育专业 2 班、5 班</td></tr>
<tr><td>教学目标</td><td>知识目标：知道体育的功能，能够解释说明体育对人和社会所能发挥的有利作用和效能。
能力目标：通过小组合作探究作业，发展沟通协作、组织管理和实践创新能力。
价值目标：通过搜集整理体育科普知识，培养科学健身意识，掌握科学健身方法，弘扬科学精神</td></tr>
<tr><td>教学活动</td><td colspan="2"></td></tr>
</table>

教学活动	活动内容及产出情况	问题反思
知识问答	内容："第一章"知识问答 产出："优秀"2 人、"良好"2 人	本周学生的参与主动性较强。部分问答题目是第三周的易错题。对于这类题目，学生都能够流利地回答，推测学生课下针对所学知识进行了自主学习。但新的知识仍然存在部分题目容易混淆记忆的情况
个人作业	内容：从体育本质的视角评析一个体育现象或事件（演讲） 产出："优秀"6 人、"良好"2 人	本周个人作业的演讲内容已经在第二周的知识问答、第三周的课堂讨论和课后反思中进行了多次的讲解与讨论，是前两周知识的重难点，因此本周成果产出数量较多。可见针对重难点的反复讲解是有效的，教师即时针对重难点进行教学设计的调整能够帮助学生在短时间内弥补知识点掌握的不足
单元测验	内容："第一章"单元测验 产出：无	本周单元测验满分 10 分，无满分者，大部分学生得分在 7~8 分。有近 1/3 的学生得分低于 6 分，这证明上单元的知识学习内容存在一定的难度，虽然大部分学生的知识掌握情况良好，但仍然有部分学生在知识记忆与理解上被拉开了差距
小组作业	内容：走进体育科学 产出：无	本周正式开始小组作业："走进体育科学"。学生将从资料收集入手，利用一周时间自主查询资料并选定题目。本周小组作业不做展示，不计入过程性评价中

附表 2-5　第一轮行动研究课堂观察记录表 5

第三章　体育目的	
周次	第五周
教学形式	线上线下混合式教学
授课对象	2021 级体育教育专业 2 班、5 班
教学目标	知识目标：了解我国体育目的和目标，掌握体育目的和目标确定的依据，以及实现体育目的和目标的途径。 能力目标：研讨家庭体育、学校体育、社区体育存在的问题，培养分析实际问题、解决问题的能力。 价值目标：制订小组学习目标、计划，完成小组学习任务，掌握搜集资料的方法及头脑风暴法的应用，培育协作意识和习惯
教学活动	活动内容及产出情况　　　　　　　　　问题反思

教学活动	活动内容及产出情况	问题反思
课后反思	内容：结合自己的实际情况，制订大学 4 年的学习目标 产出：无	本周课后反思的内容不涉及知识学习，以自我规划为主。然而，活动参与率仅为 63%，这可能是因为获优率太低，导致学生缺乏参与活动的动力。 为鼓励学生积极参与课后反思，本次参与活动的学生给予两分的基础分，条理清晰、具有体育学科意识、态度认真者可以获得 3 分。结果有将近一半的学生获得了 3 分，这证明在前 4 周的学习中学生已经逐渐具备体育学科意识，适应自己作为体育专业从业者的身份
小组作业	内容：制作践行体育科普知识的 PPT 产出：无	在第四周的小组作业中，学生已经递交了每个学习小组拟定的题目。由教师进行审核后，开始进行相关内容 PPT 的制作环节，在后续课程中会给予学生展示的机会，本周仍然不计入过程性评价

附表2-6 第一轮行动研究课堂观察记录表6

第四章　体育科学	
周次	第六周
教学形式	线上线下混合式教学
授课对象	2021级体育教育专业2班、5班
教学目标	知识目标：学生能够正确理解科学、体育科学及体育与科学之间的关系，知道体育科学的学科体系的划分及其基本的属性。 能力目标：通过"走进体育科学，践行体育科普知识"公益活动，发展沟通协作、组织管理和实践教学能力。 价值目标：学会运用科学的视角分析问题、理解问题和解决问题，培养客观严谨的科学思维、求真务实的科学态度、合理有效的科学方式

教学活动	活动内容及产出情况	问题反思
知识问答	内容："第三章"知识问答 产出："优秀"4人、"良好"2人	本周在知识问答环节获优的学生高于预期，主动回答问题的4位学生皆获得了"优秀"。此外，教师采取被动提问的方式挑选了两位学生，虽然未能获得"优秀"，但也得到了"良好"。可以看出，学生在线下的自主学习效率较高，在知识的记忆与理解方面都有着不错的表现。可见该活动给予学生较强的学习动力
课堂讨论	内容："走进体育科学，践行体育科普知识"公益活动研讨 产出：无	本周的课堂讨论内容自由度较高，主要观测学生对第五周小组作业的完成情况。从学生发言来看，大部分学生在寻找案例及论据时科学性不足，对体育技术动作原理及相关干预手段的认识仍然不够，无法给予学生"优秀"或"良好"的评价，但可根据学生的发言给予1~3分的课堂互动积分
个人作业	内容：线上翻转课堂视频学习测验 产出："优秀"11人	本周个人作业成果产出比例约占全班总人数的24%，无低于6分者，可见在没有教师的管理下，学生仍然能够通过自主学习取得较好的成绩。有一部分学生已经能够独立完成对知识的记忆与理解，相较前几周教学活动中对知识的记忆与理解，有了不小的进步
即时课堂互动	内容：2道单选题、2道判断题 产出：单选题正确率91.1%，判断题正确率91.3%	本单元平均正确率约为91%，证明学生对本单元的知识内容掌握程度较高

附表 2-7　第一轮行动研究课堂观察记录表 7

第五章　体育手段	
周次	第七周
教学形式	线上线下混合式教学
授课对象	2021 级体育教育专业 2 班、5 班
教学目标	知识目标：通过线上自主学习、合作探究完成翻转课堂视频及知识拓展资料的学习，理解手段、体育手段的概念，知道体育手段的内容、特点和作用，能够运用体育手段相关知识解释说明体育运动实践中的问题。 能力目标：发展实践教学设计与指导能力，以及现代信息技术应用能力和学习小组沟通协作能力。 价值目标：制订小组学习目标、计划，完成小组学习任务，掌握搜集资料的方法及头脑风暴法的应用，培育协作意识和习惯

教学活动	活动内容及产出情况	问题反思
知识问答	内容："第四章"知识问答 产出："优秀" 3 人	本周知识问答辨识性记忆的内容较少，因此在选人时只选择了 3 位主动参与的学生进行回答，3 人的表现均获得了"优秀"。结合学生之前的活动表现，推测辨识性记忆问题是制约学生在知识问答活动中获得优秀的最大难题
课堂讨论	内容：①以所学专项为例，依据动作基础列举一个完整的技术动作；②依据体育运动技术动作质量和效果的综合评定办法，制定某一项目技术动作评价标准 产出：无	因时间限制，未挑选学生进行单独的发言。单从学生发表的讨论内容来看，大部分学生都能够模仿课堂案例进行技术动作描述，已经初步掌握了体育技术动作的讲解能力。根据学生的讨论内容，参与讨论即可获得 1 分的基础分数，条理清晰者可以获得 2 分，内容详细、理解深入者可以获得 3 分
个人作业	内容：针对某一个易犯错误的动作提供一种有效的限制性练习方法 产出："优秀" 4 人	本次作业内容较简单，主要考查学生对体育手段知识的理解与应用能力。在学生所提交的作业中，有 4 位学生能够清楚说出技术动作易错点的问题所在，并指出具体的发力肌肉，设计具有针对性、科学性的限制方法。因为本周作业是以讨论的形式发布的，所以参与活动的学生根据作业完成程度也给予 1～3 分的分数

附表 2-8　第一轮行动研究课堂观察记录表 8

第六章　体育过程	
周次	第八周
教学形式	线上线下混合式教学
授课对象	2021 级体育教育专业 2 班、5 班
教学目标	知识目标：学生知道体育过程的内涵、要素、结构和控制的方法，并能够将体育过程基础理论知识应用到践行体育科普知识实践活动之中，进而分析问题、解决问题。 能力目标：通过小组撰写"走进体育科学，践行体育科普知识"公益活动研究报告，培养语言表达能力，学会汇报演讲的基本技巧。 价值目标：树立科学化健身的理念，学会科学健身的方式方法，搜集整理科学健身的成功案例
教学活动	活动内容及产出情况　　　　　　问题反思

教学活动	活动内容及产出情况	问题反思
知识问答	内容："第五章"知识问答 产出："良好"1 人	受时间限制，本周直接由教师随机挑选两位学生进行回答，仅有一位学生答出一题。猜测第七周教师讲解较少，可能导致学生的理解难度增大，在课后的自主学习效率较低，因此知识掌握程度一般，需要在后续课程中针对学生知识薄弱处进行教学调整
单元测验	内容："第五章"单元测验 产出："良好"1 人	本次单元测试满分 20 分，1 人获得满分。结合知识问答情况来看，第七周学生的知识掌握情况一般。部分辨识性记忆的题目错题率较高，需要教师针对易错点进行再次讲解
即时课堂互动	内容：1 道单选题、3 道判断题 产出：单选题正确率 34.9%，判断题正确率 69.7%	从本周即时课堂互动结果来看，本章的知识点内容可能较容易被混淆，相比前几周教学，学生的知识掌握情况较差，教师需要多加关注
小组作业	内容："走进体育科学，践行体育科普知识"公益活动作品展示与修改（1） 产出："优秀"12 人	该小组作业已有一个月的准备时间，主动进行汇报的 3 组均得到了"优秀"的评价。可见本次学习小组的准备充分，课下自主学习程度较高，能够通过小组交流协作发挥出团队优势，展现出较好的团队设计

附表 2-9 第一轮行动研究课堂观察记录表 9

第七章　体育体制	
周次	第九周
教学形式	线上线下混合式教学
授课对象	2021级体育教育专业2班、5班
教学目标	知识目标：知道体育体制的概念、作用和类型，能够结合不同国家国情解释与辨析不同类型体育体制的优点和不足。 能力目标：通过实践项目调研作业，发展团队协作、分析解释、简单设计和实践创新能力。 价值目标：在线阅读国家近期关于"体育强国""健康中国"发展规划的相关文件，领悟国家体育意志，增强国家政治认同，明确新时代体育人才肩负的使命与责任

教学活动	活动内容及产出情况	问题反思
小组作业	内容：①体育文化视频学习；②"走进体育科学，践行体育科普知识公益活动"作品展示与修改（2） 产出："优秀"6人、"良好"10人	本周共进行了5组的展示，其中2组获得"优秀"，3组获得"良好"。可见本次小组作业虽然周期较长，但学生小组协作成果较好，大部分小组都能制订出较为完整的实施方案。然而，少部分小组虽然在方案上存在瑕疵，但态度端正，只需要进行少量的修改便可以直接实施
即时课堂互动	内容：2道单选题、2道判断题 产出：单选题正确率97.7%，判断题正确率94.3%	本周题目以考查学生记忆为主，难度较低。互动题目正确率均高于94%，证明学生对于本周知识的即时记忆较好
课堂常规	内容：课堂行为规范 产出："迟到"3人	本周有3位学生迟到，记"警告"1次

附表 2-10　第一轮行动研究课堂观察记录表 10

第八章　体育文化	
周次	第十周
教学形式	线上线下混合式教学
授课对象	2021 级体育教育专业 2 班、5 班
教学目标	知识目标：学生能够了解文化、体育文化，掌握体育文化的概念、构成、特征和功能，并能说出中西方体育文化的共同点和差异。 能力目标：学习小组能够通过合作探究分析解释一些体育文化现象，如中国马拉松热现象、暴走团现象、广场舞现象等。 价值目标：通过了解中国传统文化的精髓，建立文化自信，树立传播中国优秀传统体育文化的理想和信念
教学活动	活动内容及产出情况	问题反思
单元测验	内容："第七章"单元测验 产出："良好" 1 人	本周单元测验有一人获得满分，整体得分情况与前几次单元测验类似。本学期教学内容已基本结束，但单元测验整体成果产出较少，推测学生获得满分较为困难
知识问答	内容：在线学习视频提问 产出："良好" 2 人	本周的在线学习视频提问由教师随机挑选两位学生进行提问，两人均获得"良好"。结合前几周的教学活动情况来看，小组作业仍然是学生的重心，课下的自主学习略有松懈
即时课堂互动	内容：2 道单选题、3 道判断题 产出：单选题正确率 92.7%，判断题正确率 70.8%	本周单选题的正确率较高，证明大部分学生对于本单元知识的即时记忆较好，少数学生可能存在听课不认真的情况。在判断题中，有一题正确率仅为 16%，证明学生对于该部分内容的记忆较差，大部分学生无法对易混淆概念进行辨识性记忆，但在教师进行重新讲解后，学生表示该记忆点已牢记
小组作业	内容："走进体育科学，践行体育科普知识"公益活动作品展示与修改（3） 产出："良好" 8 人	第九周剩余两个小组未完成汇报，由教师线下进行审核，两个小组均获得"良好"，并记录在第十周
课堂常规	"迟到" 3 人	本周有 3 位学生迟到，记"警告" 1 次

附表 2-11　第一轮行动研究课堂观察记录表 11

第八章　体育文化	
周次	第十一周
教学形式	线上线下混合式教学
授课对象	2021 级体育教育专业 2 班、5 班
教学目标	知识目标：能够了解文化、体育文化，掌握体育文化的概念、构成、特征和功能，并能说出中西方体育文化的共同点和差异。 能力目标：学习小组能够通过合作探究分析解释一些体育文化现象，如中国马拉松热现象、暴走团现象、广场舞现象等。 价值目标：通过了解中国传统文化的精髓，建立文化自信，树立传播中国优秀传统体育文化的理想和信念

教学活动	活动内容及产出情况	问题反思
知识问答	内容：第十周知识复习 产出："优秀"6 人、"良好"1 人	本周的知识问答内容较少，积极回答者较多，可见第十周的知识内容难度较低，学生掌握程度较高
单元测验	内容："第八章"单元测试 产出："优秀"1 人	本次单元测验有一人获得"优秀"，是本学期唯一一个在单元测验获得"优秀"的学生。结合第十周单元测验来看，活动的难度可能较高，需要在第二轮行动研究中进行改进

附表 2-12　第一轮行动研究课堂观察记录表 12

\multicolumn{3}{c}{"走进体育科学，践行体育科普知识"公益活动作业展示}
周次	\multicolumn{2}{l}{第十二周}
教学形式	\multicolumn{2}{l}{线上线下混合式教学}
授课对象	\multicolumn{2}{l}{2021 级体育教育专业 2 班、5 班}
教学目标	\multicolumn{2}{l}{知识目标：能够选择熟悉的、感兴趣的、实用的热点问题，并解释说明问题的改善机理、干预方法与预期效果。 能力目标：学习小组能够应用体育科普知识，针对健身人群存在的动作技能、体能、身体姿态、身体保健与康复问题研制运动处方并实施干预。 价值目标：通过实践过程实现体育科普知识的迁移、创新，体验体育教育与指导工作的成就，激发体育专业热情}
教学活动	活动内容及产出情况	问题反思
知识问答	内容："体育概论"重难点知识复习 产出："优秀" 8 人、"良好" 6 人	本周作为学期末的考核周，通过课堂问答的方式对"体育概论"所学知识进行检验。学生积极性远远高于以往，学生对获得优秀的期望值较高，在与学生的课下对话中了解到，临近期末，学生都希望得到一个好的分数。"体育概论"的评价标准让学生有能够得到满分的期望，给予了学生学习动力
小组作业	内容："走进体育科学，践行体育科普知识"公益活动研究报告展示与评价 产出："良好" 3 人	相比教师的评分，学生自评给予的分数都较高，但突出组别能够获得教师与学生的一致认可。其中一组在互评环节中所发表的评价理由较为完整，能够指出高分依据，但对缺点的指证不明显，因此给予该组"良好"的评价。 从学生评价环节来看，可以将学生自评中较为突出的组别作为高分参考，但具体分数仍然需要以教师评价为主
课堂常规	内容：课堂行为规范 产出："早退" 3 人	本周有 3 位学生在小组汇报完成后早退，记"警告" 1 次

附表 2-13　第一轮行动研究课堂观察记录表 13

\multicolumn{2}{c|}{}	"走进体育科学，践行体育科普知识"公益活动作业展示
周次	第十三周
教学形式	线上线下混合式教学
授课对象	2021 级体育教育专业 2 班、5 班
教学目标	知识目标：学生能够选择熟悉的、感兴趣的、实用的热点问题，并解释说明问题的改善机理、干预方法与预期效果。 能力目标：学习小组能够应用体育科普知识，针对健身人群存在的动作技能、体能、身体姿态、身体保健与康复问题研制运动处方并实施干预。 价值目标：通过实践过程实现体育科普知识的迁移、创新，体验体育教育与指导工作的成就，激发体育专业热情
教学活动	活动内容及产出情况　　　　　问题反思

教学活动	活动内容及产出情况	问题反思
小组作业	内容："走进体育科学，践行体育科普知识"公益活动研究报告展示与评价 产出："优秀" 41 人、"良好" 3 人	从最终小组作业的得分情况来看，仅有一组获得"良好"，其余小组均获得了"优秀"。受疫情影响，课程缩短，小组作业实施的时间较为紧促，因此小组的干预过程是主要的评分标准。该作业的周期较长，但以学生最终展现出的小组作业成果与前几次展示的差别来看，大部分学习小组都能够选择正确的体育手段进行干预，并获得实验人员的认可
课堂常规	内容：学期成果统计 产出：12 人获得 3 次"优秀"、20 人获得两次"优秀"、5 人获得 1 次"优秀"	作为最后一节课，本周对学生的课堂常规也进行了统计。大部分学习小组都无人累计不当行为，获得全额优秀。可见大部分学生都能够严格遵守课堂纪律，展现出应有的道德品质
即时课堂互动	内容：学期成果统计 产出：35 人获得两次"优秀"、9 人获得 1 次"优秀"、1 次"良好"	本学期学生通过即时课堂互动获得的成果产出数量无太大差距，可见大部分学生在知识学习目标上都保持在同一水平线，差距主要体现在其他教学活动上

附录三　第一轮结构化访谈意见

尊敬的专家：

　　您好！我是河南大学"体育概论"课题组的成员，目前正在进行基于师范类专业认证的"体育概论"课程实施过程性评价模式的研究，感谢您能抽出宝贵的时间对我们的课题研究提供帮助与支持。本次我想要咨询有关"体育概论"课程过程性评价模式构建中的相关问题，包括"体育概论"课程实施过程性评价的定位分析、师范类专业认证背景下的"体育概论"课程教学目标修订，以及师范类专业认证背景下的"体育概论"教学活动权重分配，如附表 3-1～附表 3-3 所示，从而进一步确定过程性评价模式构建的合理性。

　　由于本人教学经验较少，对该领域的研究及课程的认知尚有不足，本次访谈的内容可能稍显片面，敬请批评指正！望您能在意见栏内填写您的意见和建议。

　　再次感谢您的支持与帮助！

联系方式：

附表 3-1　征求意见 1："体育概论"课程实施过程性评价的定位分析

意见		具体定位及内容
同意 （　）	不同意 （　）	（1）突出学生主体：以学生的需求为导向，包括以学生发展为中心、以学生学习为中心、以学生效果为中心，进行教学设计的选择与改变。强调学生在不同阶段的发展，关注学生学习过程中所出现的问题。通过评价给予学生即时反馈，促使学生进行即时改进，做自己学习的负责人等
同意 （　）	不同意 （　）	（2）实现产出导向：强调学生的成果产出，关注学生的能力发展与顶峰成果，为每一位学生提供学习机会。在学生学习过程中搜集学生阶段性成果作为自我参照标准，引导学生达成顶峰成果。在教学评价中为学生提供自我参照标准，通过多元评价方式反映学生的能力产出等
同意 （　）	不同意 （　）	（3）做到持续改进：建立有效的改进机制，通过学生在学习过程中的行为表现、成果产出情况监控不同教学环节的产出质量，判断学生是否具备达成预期成果产出的机会。将得到的产出质量信息用于教学反思与教学改进，保障教学活动目标与预期产出的一致性
同意 （　）	不同意 （　）	（4）考核客观公正：强调学生的个体参照，以课程教学目标的达成性作为评价标准，通过采集学生的行为表现和成果产出证据作为可视化依据，评价每位学生在各教学目标上的达成状况，以及学生群体在每项教学目标的达成状况。确保所有的学生在经过学习后能够拥有"成功"所需要的知识和能力

您的意见和建议：

附表 3-2　征求意见 2：师范类专业认证背景下的"体育概论"课程教学目标修订

意见		课程目标及内容
同意 （　）	不同意 （　）	（1）知识目标：从"体育概论"的课程内容出发，知道体育本质、体育目的、体育功能、体育手段、体育过程和体育发展趋势等基础知识，能够解释说明体育与人、社会之间的辩证关系，初步形成体育学科认识角度及知识结构
同意 （　）	不同意 （　）	（2）能力目标：从"体育概论"的课程要求出发，能够灵活运用所学知识分析解释一些体育社会现象、体育教学问题、体育健身科学化问题及体育训练与竞赛问题，进一步发展批判性思维、创造性思维、决策性思维，以及沟通协作能力和问题解决能力
同意 （　）	不同意 （　）	（3）价值目标：从"体育概论"课程性质与特征出发，以专业知识教学实践活动为主要载体，植入家国情怀、社会主义核心价值观、中华优秀传统文化、社会公德及职业道德等思政元素，培养学生诚实守信、师德规范、科学精神、教育情怀、责任担当、公益意识和实践创新等素养，为学生今后从事体育教学、科学研究、健身指导、训练竞赛立根铸魂

您的意见和建议：

附表 3-3　征求意见 3：师范类专业认证背景下的"体育概论"教学活动权重分配

教学活动	活动目标	预期成果产出	权重
单元测验	知识目标	记忆学科基本知识；理解学科基本原理及内容	0.500
	能力目标	培养自我管理能力	0.250
	价值目标	教师职业道德规范	0.250
知识问答	知识目标	记忆学科基本知识；理解学科基本原理及内容	0.400
	能力目标	培养知识综合运用能力、自我管理能力	0.400
	价值目标	培养积极主动的学习意愿	0.200
个人作业	知识目标	理解学科与社会实践的相互关系；理解学科育人的价值	0.250
	能力目标	培养自我规划能力、自我反思能力、教学研究能力	0.375
	价值目标	培养立德树人的教育思想；树立践行社会主义的核心价值观；培养专业发展意识	0.375
课后反思	知识目标	理解学科基本原理及内容	0.200
	能力目标	培养教学评价能力、自我反思能力	0.400
	价值目标	培养积极主动的学习意愿；培养端正的学习态度	0.400
课堂讨论	知识目标	理解学科基本原理及内容；掌握教育实践研究的方法	0.400
	能力目标	培养教学组织能力、自主创新能力	0.400
	价值目标	培养积极主动的学习意愿	0.200
小组作业	知识目标	理解学科基本原理及内容；掌握教育实践研究的方法	0.250
	能力目标	培养教学设计与实施能力、教学评价能力、教学组织能力、沟通合作能力	0.500
	价值目标	培养团队合作意识；培养积极主动的学习意愿	0.250
即时课堂互动	知识目标	记忆学科基本知识；理解学科基本原理及内容	0.400
	能力目标	培养知识综合运用能力、自我管理能力	0.400
	价值目标	培养积极主动的学习意愿	0.200

续表

教学活动	活动目标	预期成果产出	权重
课堂常规	知识目标	无	0.000
	能力目标	培养自我管理能力	0.250
	价值目标	遵守教师职业品德；培养立德树人的教育思想；培养团队合作意识	0.750

您的意见和建议：

附录四　第二轮行动研究过程性评价成绩记录档案袋

附图 4-1～附图 4-5 为第二轮行动研究过程性评价成绩记录档案袋。

过程性评价成绩记录档案袋 2022体育教育34班　第1排																		
序号	姓名	周次																
		1	2	3	4	5	6	7	8	9	10	11	12	13	14	15	16	总分
1																		
2	尹邑豪				⑥✓ ⑧✓		③✓ ④✓ ⑧✓		②✓	⑥✓		⑥✓	⑥✓		⑤✓			100
3	陈天祥						③✓ ⑧✓		②✓						⑤✓	⑨✓		71.5
4	王泽轩				③✓	②✓				③✓ ⑥✓		⑥✓	③✓	⑩✓	⑤✓	⑨✓		100
5	郭政楠				③✓ ⑥✓		③✓			③✓		⑥✓	⑥✓	⑩✓	⑤✓	⑨✓		100
6	付梓辰				③✓	①✗			②✓			⑥✓	⑥✓	⑩✓	⑤✓			71.5
7	惠宏博				⑥✓	①✗				⑥✓		⑥✓	⑥✓	⑩✓	⑤✓			71.5
8	卿钰泉				⑥✓								⑥✓		⑤✓	⑨✓ ⑨✓		71.5
9	周姮昌						⑥✓					⑥✓	⑥✓			⑨✓ ⑨✓		71.5
10	刘梦杰				⑥✓							⑥✓	⑥✓	⑩✓	⑤✓	⑨✓ ⑨✓		100

附图 4-1　过程性评价成绩记录档案袋 1

过程性评价成绩记录档案袋 2022体育教育34班　第2排																		
序号	姓名	周次																
		1	2	3	4	5	6	7	8	9	10	11	12	13	14	15	16	总分
1																		
2	图涛				③✓			⑥✓				⑥✓			⑤✓	⑨✓ ⑨✓		85.8
3	刘雨朋				⑥✓	②✓		⑥✓				⑥✓	②✓	⑩✓	⑤✓	⑨✓ ⑨✓		100
4	朱食楼			⑥✓	⑥✓					③✓		⑥✓		⑩✓	⑤✓	⑨✓ ⑨✓ ⑨✓		100
5	邵逸鹏					②✓		⑥✓						⑩✓	⑤✓	⑨✓ ⑨✓ ⑨✓		100
6	韩玉恒			③✓	⑥✓ ⑧✓	③✓		⑥✓		③✓ ⑥✓		⑥✓	⑥✓	⑩✓	⑤✓	⑨✓ ⑨✓ ⑨✓		100
7	王友竹							⑥✓		③✓					⑤✓	⑨✓ ⑨✓ ⑨✓		85.8
8	柯逸希									⑥✓		⑥✓	⑥✓	⑩✓	⑤✓	⑨✓ ⑨✓		100
9	李锋			③✓						⑥✓		⑥✓			⑤✓	⑨✓ ⑨✓		85.8
10	丹子航							⑥✓				⑥✓	⑥✓	⑩✓	⑤✓	⑨✓ ⑨✓		100

附图 4-2　过程性评价成绩记录档案袋 2

基于师范类专业认证的"体育概论"课程实施过程性评价模式研究

附图 4-3 过程性评价成绩记录档案袋 3

附图 4-4 过程性评价成绩记录档案袋 4

过程性评价成绩记录档案袋

2022体育教育3、4班 第5排

序号	姓名	1	2	3	4	5	6	7	8	9	10	11	12	13	14	15	16	总分
1	江澳冰										⑥		⑥		⑨⑨⑨	⑨⑨		71.5
2	郭昂杰						②				⑥	③	③⑥	⑥	⑨⑨⑨	⑨⑨		100
3	李廷琛										⑥		⑥		⑨⑨⑨	⑨⑨		71.5
4	丁伟			⑥	②		②					⑥	③⑥		⑨⑨⑨	⑨⑨		100
5	袁绍			②	②		②		②		⑥				⑨⑨⑨	⑨⑨		100
6	毕方豪			⑥	⑥					⑥		③	⑨⑥		⑨⑨⑨	⑨⑨		100
7	甘帅康						②				⑥				⑨⑨⑨	⑨⑨		85.8
8	王权旺						②				⑥	⑨	⑨⑥		⑥			42.9
9	郑存凯			⑥							⑥		⑥		⑥	⑨		100
10	张太重										⑥				⑥	⑨		42.9

附图 4-5 过程性评价成绩记录档案袋 5

附录五　第二轮行动研究课堂观察记录表

附表 5-1～附表 5-10 为第二轮行动研究课堂观察记录表。

附表 5-1　第二轮行动研究课堂观察记录表 1

绪论			
周次	第一周		
教学形式	线上线下混合式教学		
授课对象	2022 级体育教育专业 3 班、4 班		
教学目标	知识目标：知道体育概论的研究对象、产生、发展的历程，以及学科基础、教学任务、教学内容、学习方法和教学要求，形成对体育概论整体特征的感性认识。 能力目标：通过撰写《体育之研究》《体育颂》读后感，培养搜集、整理、分析文本资料的能力。 价值目标：激发学习"体育概论"的动机，培养学习"体育概论"的兴趣，端正学习"体育概论"的态度和认识		
教学活动	活动内容及产出情况		问题反思
知识问答	内容："绪论"线上教学知识问答 产出："优秀"5 人		本周知识问答内容与单元测验相似，有 5 位学生主动回答问题并获得"优秀"，其余大部分学生的表现都较为被动，结合单元测验情况来看，需要教师后期反复强调评价标准及内容
单元测验	内容："绪论"单元测验 产出："优秀"1 人		本周单元测验内容较为简单，以"体育概论"的过程性评价标准为主，但只有 1 位学生获得满分，其他学生未达到 90% 的得分。可见大部分学生对"体育概论"的评价标准仍然不够熟悉

续表

	绪论	
教学活动	活动内容及产出情况	问题反思
即时课堂互动	内容：2道单选题、2道判断题 产出：单选题正确率78.7%，判断题正确率100%	本周两道单选题的难度较低，这两道题主要考查学生对知识的即时记忆，但仍有部分学生选择了错误答案，可见在之前线上教学和线上自主预习中有部分学生还未进入学习状态
个人作业	内容：《体育之研究》或《体育颂》读后感 产出："优秀"6人	本周个人作业为线上递交，满分10分。作为"体育概论"课程的第一次个人作业，有6位学生能够在尚未正式进行体育学原理及相关知识学习的情况下，以流畅的语言结合一定的辩证态度并较为清晰地表述自己的体育价值观念，表现相当优秀，给予9分及以上的评分
课堂常规	内容：课堂行为规范 产出："旷课"1人	本周有1位学生无故旷课，记"不当行为"1次

附表5-2　第二轮行动研究课堂观察记录表2

第一章　体育概念：逻辑学视角下的体育概念

周次	第二周
教学形式	线上线下混合式教学
授课对象	2022级体育教育专业3班、4班
教学目标	知识目标：知道用逻辑学界定体育概念的方法。 能力目标：发展文献解读能力、书面语言表述能力和演讲能力。 价值目标：通过经典体育作品《体育之研究》读后感作业演讲，深入理解毛泽东健身强国体育思想，领悟传播科学健身的使命与责任
教学活动	活动内容及产出情况	问题反思
线上自主预习	内容：翻转课堂教学视频自主研习 产出：无	从预习情况来看，大部分学生都能够在线下进行较长时间的自主预习。但部分学生的预习时间与预习内容不符，远超出预计时间。不少学生的预习时间真假难辨。因此，暂时不予记录成果产出

续表

第一章 体育概念：逻辑学视角下的体育概念		
教学活动	活动内容及产出情况	问题反思
知识问答	内容：翻转课堂视频知识问答 产出："优秀"4人	本周知识问答挑选了4位学生进行了回答，皆获得"优秀"。相比第一周的教学内容，第一章的内容难度较高，但从学生回答情况来看，仍有部分学生在课下做了充足的预习
即时课堂互动	内容：1道多选题 产出：多选题正确率85.4%	本周即时课堂互动题目正确率较高，大多数学生对该知识点都较为熟悉，无须重复讲解
课后反思	内容："第一章 体育概念"学习体会与反思 产出："优秀"3人	本周是该学期第一次开展课后反思活动，主要目的在于让学生熟悉活动内容。从学生的反思内容来看，有3位学生能够结合案例，表达出自己在"体育概论"课程中获得的启发，且能够看出学生的学习态度较为端正。其余学生大部分无法结合案例进行解释说明，内容表达较为片面
个人作业	内容：①《体育之研究》或《体育颂》读后感演讲；②运用本章所学知识，从体育本质的视角评析一个体育现象或事件 产出："优秀"4人	本周的个人作业分为两类。演讲环节受时间限制仅挑选了4位主动性较强的学生进行演讲。从演讲内容来看，这4位学生在课下都有充分的准备，语言流畅，能够较好地表达出作业的中心思想与个人特色。剩余学生可选择自主制作视频，两周内提交
课堂常规	内容：课堂行为规范 产出："旷课"2人	本周有两位学生无故旷课，记"不当行为"1次

附表 5-3　第二轮行动研究课堂观察记录表 3

第二章　体育功能	
周次	第三周
教学形式	线上线下混合式教学
授课对象	2022 级体育教育专业 3 班、4 班
教学目标	知识目标：知道体育的功能，能够解释说明体育对人和社会所能发挥的有利作用和效能。 能力目标：通过小组合作探究作业，发展沟通协作、组织管理和实践创新能力。 价值目标：通过搜集整理体育科普知识，培养科学健身意识，掌握科学健身方法，弘扬科学精神

教学活动	活动内容及产出情况	问题反思
线上自主预习	内容："第二章"预习 产出：无	受疫情影响，本周线上教学的重点在于学生的个人展示，理论知识内容以学生自学为主，自主预习不记"优秀"
单元测验	内容："第二章"单元测验 产出："优秀"4 人	本次单元测验共有 4 人达到 90%以上的分数。相比第一次的单元测验，本周课程内容的掌握难度实际上要更高，可见更多的学生开始重视知识学习
个人作业	内容：运用本章所学知识，从体育本质的视角评析一个体育现象或事件（演讲） 产出："优秀"5 人	本周挑选了 5 位学生针对第二周的个人作业进行演讲，在课堂中 5 位学生皆表现出了较为充分的准备，满足"优秀"的评价标准。但经过第一次个人作业演讲，本周的学生在演讲内容与自制 PPT 的结合上要优于第二周学生的表现，整体进步明显

附表 5-4　第二轮行动研究课堂观察记录表 4

第三章　体育目的	
周次	第四周
教学形式	线上线下混合式教学
授课对象	2022 级体育教育专业 3 班、4 班
教学目标	知识目标：了解我国体育目的和目标，掌握体育目的和目标确定的依据，以及实现体育目的和目标的途径。 能力目标：研讨家庭体育、学校体育、社区体育存在的问题，培养分析实际问题、解决问题的能力。 价值目标：制订小组学习目标、计划，完成小组学习任务，掌握搜集资料的方法及头脑风暴法的应用，培育协作意识和习惯

教学活动	活动内容及产出情况	问题反思
线上自主预习	内容："第三章"预习 产出："优秀" 2 人、"良好" 2 人	与第三周的情况相近，本周学生线上自主预习的时间跨度过大，部分学生可能存在预习时间造假现象，但结合知识问答、单元测验等活动的表现来看，大部分学生的课下自主学习效果都值得称赞，因此不予记载优秀、不当行为
知识问答	内容："第二章、第三章"知识问答 产出："优秀" 3 人	本周知识问答内容较多，难度较大。未获得优秀的学生主要对第三周知识内容的记忆不是很清晰，但本周知识的预习情况较好
单元测验	内容："第三章"单元测验 产出："优秀" 7 人	本周单元测验的表现优于之前两次。可见学生的自主预习情况较好，一些较为简单的内容无须教师重点讲解，而教学活动的获优情况更能够反映出问题所在，提前帮助教师调整本周教学重难点
课堂讨论	内容：举例说明如何实现我国体育目的和目标 产出："优秀" 3 人	本周是该学期第一次开展课堂讨论，对于参与课堂讨论的学生，教师都给予 1~3 分的即时课堂互动积分予以鼓励，但从实际得分情况来看，绝大多数学生都能够在发表讨论墙的时候保证自己的观点清晰鲜明，表现较好者能结合个人观点进行解释说明。共有 38 位学生在本次课堂讨论中获得了 3 分，由于时间限制，只挑选了 3 位学生进行发言，表现皆满足"优秀"的评价标准

续表

第三章 体育目的		
教学活动	活动内容及产出情况	问题反思
即时课堂互动	内容：1道单选题、2道判断题 产出：单选题正确率91.7%，判断题正确率94.8%	本周即时课堂互动的效果较好。可见，虽然之前进行的是线上教学，但学生的自主学习效率较高，对于一些简单的辨识记忆类题目也能够掌握
课后反思	内容：阅读历代领导人体育思想及其影响，并谈一谈自身体会 产出："优秀"5人	随着整体课后反思内容深度的增加，本次获得优秀的难度也逐渐增大。更多的学生能够通过"体育概论"的学习，结合国家政策、社会现象等内容，通过自身的思考得到启发，逐渐脱离书本，尝试将知识与实践相结合

附表5-5　第二轮行动研究课堂观察记录表5

第四章 体育科学	
周次	第五周
教学形式	线上线下混合式教学
授课对象	2022级体育教育专业3班、4班
教学目标	知识目标：能够正确理解科学、体育科学及体育与科学之间的关系，知道体育科学的学科体系的划分及其基本的属性。 能力目标：通过"走进体育科学，践行体育科普知识"公益活动，发展沟通协作、组织管理和实践教学能力。 价值目标：学会运用科学的视角分析问题、理解问题和解决问题，培养客观严谨的科学思维、求真务实的科学态度、合理有效的科学方式

教学活动	活动内容及产出情况	问题反思
单元测验	内容："第四章"单元测验 产出："优秀"5人	本周单元测验有5位学生获得"优秀"，稍弱于第四周的单元测验表现。结合之前几次单元测验的情况来看，学生获得优秀的比例已经逐渐稳定，但在没有自主预习的情况下，单元测验情况要稍差一些
个人作业	内容：《体育颂》或《体育之研究》有感个人演讲视频 产出："优秀"6人	本周因疫情影响未布置新的个人作业，共有6位学生录制了个人演讲视频，从视频内容来看，相比课堂演讲，学生表现得更加从容，语言表达更加流畅，失误次数较少。凡是录制视频者，皆赋予"优秀"，作为对学生主动参与教学活动并表达出较高积极性的鼓励

附表 5-6　第二轮行动研究课堂观察记录表 6

第五章　体育手段（一）	
周次	第六周
教学形式	线上线下混合式教学
授课对象	2022 级体育教育专业 3 班、4 班
教学目标	知识目标：通过线上自主学习、合作探究完成翻转课堂视频及知识拓展资料的学习，理解手段、体育手段的概念，知道体育手段的内容、特点和作用，能够运用体育手段相关知识解释说明体育运动实践中的问题。 能力目标：发展学生实践教学设计与指导能力，以及现代信息技术应用能力和学习小组沟通协作能力。 价值目标：制订小组学习目标、计划，完成小组学习任务，掌握搜集资料的方法及头脑风暴法的应用，培育协作意识和习惯
教学活动	活动内容及产出情况	问题反思
线上自主预习	内容：翻转课堂视频自主研习 产出："不当行为" 1 人	本周线上自主预习情况仍与之前相似，表现优异者存在预习时间真假难辨的现象。有一位学生仅学习了 7 秒，与发布的翻转课堂视频严重不符，记"不当行为" 1 次
单元测验	内容：翻转课堂视频学习效果检验 产出："优秀" 6 人	相比其他活动中的行为表现，本周单元测验的表现较好。判断为大部分学生在线上自主预习中的态度较为端正
即时课堂互动	内容：1 道判断题 产出：判断题正确率 70.8%	本周即时课堂互动题仅有 1 道，内容较简单。但学生表现低于预期较多，需要教师进行重复讲解

附表 5-7　第二轮行动研究课堂观察记录表 7

<table>
<tr><td colspan="2">第五章　体育手段（二）</td></tr>
<tr><td>周次</td><td>第七周</td></tr>
<tr><td>教学形式</td><td>线上线下混合式教学</td></tr>
<tr><td>授课对象</td><td>2022 级体育教育专业 3 班、4 班</td></tr>
<tr><td>教学目标</td><td>知识目标：通过线上自主学习、合作探究完成翻转课堂视频及知识拓展资料的学习，理解手段、体育手段的概念，知道体育手段的内容、特点和作用，能够运用体育手段相关知识解释说明体育运动实践中的问题。
能力目标：发展实践教学设计与指导能力，以及现代信息技术应用能力和学习小组沟通协作能力。
价值目标：制订小组学习目标、计划，完成小组学习任务，掌握搜集资料的方法及头脑风暴法的应用，培育协作意识和习惯</td></tr>
<tr><td>教学活动</td><td>活动内容及产出情况　　　　　　　问题反思</td></tr>
<tr><td>知识问答</td><td>内容："第五章"知识问答

产出："优秀" 6 人　　　　　　　在第六周教师对部分重难点进行反复讲解后，大部分学生表示已经理解，从本次知识问答表现来看，学生对知识记忆与理解的表现较为优秀</td></tr>
<tr><td>即时课堂互动</td><td>内容：1 道单选题、2 道判断题

产出：单选题正确率 36.2%，判断题正确率 57.9%　　　　本周即时课堂互动题目的表现较差。本章知识的难度可能对于学生而言较高，教师仍然需要着重讲解</td></tr>
<tr><td>个人作业</td><td>内容：以自己擅长的某一运动项目技能为例，解释说明身体运动要素

产出："优秀" 12 人　　　　　　本周个人作业的表现远远好于前几周，可见近两周内，教师对于章节重难点的判断与讲解是正确的，适当的引导有利于学生更好地掌握相关知识</td></tr>
</table>

附表 5-8　第二轮行动研究课堂观察记录表 8

第六章　体育过程	
周次	第八周
教学形式	线上线下混合式教学
授课对象	2022 级体育教育专业 3 班、4 班
教学目标	知识目标：学生知道体育过程的内涵、要素、结构和控制的方法，并能够将体育过程基础理论知识应用到践行体育科普知识实践活动之中，进而分析问题、解决问题。 能力目标：通过小组撰写"走进体育科学，践行体育科普知识"公益活动研究报告，培养语言表达能力，学会汇报演讲的基本技巧。 价值目标：树立科学化健身的理念，学会科学健身的方式方法，搜集整理科学健身的成功案例
教学活动	活动内容及产出情况　　　　　　　　问题反思

教学活动	活动内容及产出情况	问题反思
线上自主预习	内容："第六章"预习 产出：无	本周线上自主预习内容较多，教师讲解较少，需要学生自学的内容较多，不记载优秀及不当行为
知识问答	内容："第六章"知识问答 产出："优秀"2 人	本周知识问答学生主动性表现较差，仅有两位学生主动回答并获得"优秀"，其余学生由教师被动挑选，但表现都不尽如人意，只能自己选择一道较为简单的问题回答，无法答出教师提问的问题
个人作业	内容：以自己擅长的某一运动项目技能为例，解释说明身体运动要素（演讲） 产出："优秀"16 人	从前几周的情况来看，学生在线上教学期间对于知识学习的积极性较低，因此本周挑选了较多的学生进行第七周的个人作业演讲。鉴于本周活动较少，因此评价时在一定程度上降低了获优标准，一方面观测学生的能力表现，另一方面检查学生是否在线上教学期间保持在线学习状态
小组作业	内容："走进体育科学，践行体育科普知识"公益活动作品展示与修改（1） 产出："优秀"12 人	该小组作业已有一个月的准备时间，主动进行汇报的 3 组均得到了"优秀"的评价。可见本次学习小组的准备充分，课下自主学习程度较高，能够通过小组交流协作发挥出团队优势，展现出较好的团队设计

附表5-9　第二轮行动研究课堂观察记录表9

第七章　体育体制	
周次	第九周
教学形式	线上线下混合式教学
授课对象	2022级体育教育专业3班、4班
教学目标	知识目标：知道体育体制的概念、作用和类型，能够结合不同国家国情解释与辨析不同类型体育体制的优点和不足。 能力目标：通过实践项目调研作业，发展团队协作、分析解释、简单设计和实践创新能力。 价值目标：在线阅读国家近期关于"体育强国""健康中国"发展规划的相关文件，领悟国家体育意志，增强国家政治认同，明确新时代体育人才肩负的使命与责任
教学活动	活动内容及产出情况	问题反思
线上自主预习	内容：翻转课堂视频自主研习 产出：无	相比线下教学期间，疫情期间线上教学影响因素较多，自主预习内容更倾向于学生自学，不做优秀、不当行为记录
知识问答	内容："第七章"知识问答 产出："优秀"3人	近几周学生对于知识问答的积极性都较低，线上教学互动效果较弱，积极参与活动的学生人数明显下降
个人作业	内容：中国、美国的体育体制优缺点分析 产出："优秀"21人	因为部分学生无法参与线上教学，所以个人作业成为唯一获得"优秀"的来源，考虑学生自主预习效果不如教师授课，本周个人作业评价标准相对前8周有所降低

附表5-10　第二轮行动研究课堂观察记录表10

第八章　体育文化	
周次	第十周
教学形式	线上线下混合式教学
授课对象	2022级体育教育专业3班、4班
教学目标	知识目标：学生能够了解文化、体育文化，掌握体育文化的概念、构成、特征和功能，并能说出中西方体育文化的共同点和差异。 能力目标：学习小组能够通过合作探究分析解释一些体育文化现象，如中国马拉松热现象、暴走团现象、广场舞现象等。 价值目标：通过了解中国传统文化的精髓，帮助学生建立文化自信，树立传播中国优秀传统体育文化的理想和信念

续表

<table>
<tr><td colspan="3" align="center">第八章　体育文化</td></tr>
<tr><th>教学活动</th><th>活动内容及产出情况</th><th>问题反思</th></tr>
<tr><td>知识问答</td><td>内容："第八章"预习

产出："优秀"7人</td><td>本周知识问答有7位学生获得"优秀"，是本学期学生表现最积极的一次。结合过程性评价成绩记录档案袋来看，大部分表现积极的学生在之前获得"优秀"的次数大致在2~3次，可见过程性评价标准给予了学生一定的学习动力</td></tr>
<tr><td>单元测验</td><td>内容："第八章"单元测验

产出："优秀"6人</td><td>本周单元测验情况较好。在教师讲解较少、学生自主学习占比较多的情况下，有6位学生获得"优秀"，相较前几次单元测验进步明显。可见学生在课下可能进行了自主学习</td></tr>
<tr><td>个人作业</td><td>内容：比较中西方体育文化的差异，谈谈体育文化氛围营造的举措

产出："优秀"31人</td><td>自线上教学成为主要授课模式以来，近3周的个人作业内容主观性都较强，学生获得"优秀"的难度有所降低，获优概率也较大。个人作业已成为学生获得"优秀"的主要途径</td></tr>
<tr><td>小组作业</td><td>内容：走进体育科学

产出："优秀"7人</td><td>小组作业自第五周开始布置。受疫情影响，本学期未能顺利开展线下实践与课堂演讲。由学生自主选择是否上交，上交者由教师进行审阅后，仅有两组满足"优秀"标准</td></tr>
<tr><td>非标准化答案考试</td><td>内容：我心目中的体育

产出："优秀"24人</td><td>本学期主观性的个人作业内容较多，其间部分学生已经进行过视频录制。因此在本学期非标准化答案考试中，学生所呈现的内容较第一轮行动研究更加完整。受疫情影响，在对学生视频的个人素材要求有所降低的情况下，有半数学生都达到了获优标准</td></tr>
<tr><td>课堂常规</td><td>内容：学期成果统计

产出："旷课"3人、"优秀"42人</td><td>在本学期的最后一节课中，有3位学生无故旷课未请假，记"不当行为"1次。同时对总成果产出进行计算，即使大多数时间是线上教学，但大部分学生仍然能够遵守纪律，表现出良好的道德规范。可见成果产出对学生的行为表现是有一定引导性的</td></tr>
<tr><td>即时课堂互动</td><td>内容：学期成果统计

产出："优秀"47人</td><td>本学期的即时课堂互动内容少于上一轮行动研究，但从最终结果来看，虽然班级成果产出总量减少，但个人成果产出较为均衡，仅有一人未积满10分。可见大部分学生即使是线上教学也保证了一定的学习态度与学习投入度</td></tr>
</table>

附录六　第二轮结构化访谈意见

尊敬的专家：

　　您好！我是河南大学"体育概论"课题组的成员，目前正在进行基于师范类专业认证的"体育概论"课程实施过程性评价模式的研究，感谢您能抽出宝贵的时间对我们的课题研究提供帮助与支持。本次我想要咨询有关"体育概论"课程过程性评价模式构建中的相关问题，包括"体育概论"课程实施过程性评价的定位分析、师范类专业认证背景下的"体育概论"课程教学目标修订，以及师范类专业认证背景下的"体育概论"教学活动权重分配，如附表6-1～附表6-3所示，从而进一步确定过程性评价模式构建的合理性。

　　由于本人教学经验较少，对该领域的研究及课程的认知尚有不足，本次访谈的内容可能稍显片面，敬请批评指正！望您能在意见栏内填写您的意见和建议。

　　再次感谢您的支持与帮助！

联系方式：

附表 6-1　征求意见 1："体育概论"课程实施过程性评价的定位分析

意见		具体定位及内容
同意 （　）	不同意 （　）	（1）突出学生主体：以学生的需求为导向，以学生的终身发展、学习过程与学习成果为中心，开展教学设计决策与改进。强调学生在不同阶段的发展，关注学生学习过程中所出现的问题。给予学生即时反馈，促使学生进行即时改进，做自己学习的责任人
同意 （　）	不同意 （　）	（2）实现产出导向：强调学生的成果产出，关注学生的综合发展。在学生学习过程中搜集学生阶段性成果，为学生提供自我参照标准，并通过多元评价方式反映学生在知识、能力、价值多个方面的成果产出
同意 （　）	不同意 （　）	（3）做到持续改进：建立有效的改进机制，通过学生在学习过程中的行为表现、成果产出情况监控不同教学环节的产出质量，判断学生是否达成预期成果产出。将评价反馈用于教学反思与教学改进，保障教学活动目标与预期产出的一致性
同意 （　）	不同意 （　）	（4）考核客观公正：强调学生的个体参照，以课程教学目标的达成性作为评价标准，通过采集学生的行为表现和成果产出证据作为可视化依据，评价每位学生在各教学目标上的达成状况，为每位学生提供相同的成果产出机会

您的意见和建议：

附表 6-2　征求意见 2：师范类专业认证背景下的"体育概论"课程教学目标修订

意见		课程目标及内容
同意 (　)	不同意 (　)	(1) 知识目标：从"体育概论"的课程内容出发，学生需要辨识记忆、概括关联及说明论证体育本质、体育目的、体育功能、体育手段、体育过程、体育体制、体育文化和体育发展趋势等学科基础理论知识，初步形成体育学原理认识角度及知识结构
同意 (　)	不同意 (　)	(2) 能力目标：从"体育概论"的课程要求出发，能够灵活运用所学知识，分析解释一些体育社会现象、体育教学问题、体育健身科学化问题及体育训练与竞赛问题，进一步发展学生的教学能力、研究能力、实践创新能力、组织策划能力、沟通协作能力及信息技术使用能力
同意 (　)	不同意 (　)	(3) 价值目标：从"体育概论"课程性质与特征出发，以专业知识教学实践活动为主要载体，植入家国情怀、社会主义核心价值观、中华优秀传统文化、社会公德及职业道德等思政元素，培养学生诚实守信、责任担当、科学精神、师德规范、教育情怀、社会公德意识等素养，为学生今后从事体育教学、科学研究、健身指导、训练竞赛立根铸魂

您的意见和建议：

附表 6-3　征求意见 3：师范类专业认证背景下的"体育概论"教学活动权重分配

课程目标	教学活动	预期成果产出	权重分配
知识目标	单元测验	（1）辨识记忆"体育概论"基础理论知识。 （2）初步形成"体育概论"学科知识结构	0.500
	知识问答	（1）辨识记忆"体育概论"基础理论知识。 （2）概括关联"体育概论"基础理论知识	0.400
	个人作业	（1）说明论证"体育概论"基础理论知识。 （2）整合应用"体育概论"基础理论知识	0.250
	课后反思	整合应用"体育概论"基础理论知识	0.200
	课堂讨论	（1）整合应用"体育概论"基础理论知识。 （2）说明论证"体育概论"基础理论知识	0.400
	小组作业	（1）说明论证"体育概论"基础理论知识。 （2）初步形成"体育概论"学科知识结构	0.250
	即时课堂互动	（1）概括关联"体育概论"基础理论知识。 （2）辨识记忆"体育概论"基础理论知识	0.400
	课堂常规	无	0.000
能力目标	单元测验	表现出自主学习、自主探究和自律自治的自我管理能力	0.250
	知识问答	（1）表现出分析判断、解释说明问题的能力。 （2）表现出实践应用、迁移创新知识的能力	0.400
	个人作业	（1）表现出多维视角分析解释问题的能力。 （2）表现出解决复杂问题的实践创新能力。 （3）表现出现代信息技术学习与应用能力	0.375
	课后反思	（1）表现出多维视角分析解释问题的能力。 （2）表现出解决复杂问题的实践创新能力	0.400
	课堂讨论	（1）表现出分析判断、解释说明问题的能力。 （2）表现出实践应用、迁移创新知识的能力	0.400
	小组作业	（1）表现出沟通协作、解决问题的能力。 （2）表现出组织协调、决策策划的能力。 （3）表现出组织管理、教育教学的能力。 （4）表现出系统探究、实践创新的能力	0.500
	即时课堂互动	（1）表现出分析判断、解释说明问题的能力。 （2）表现出知识应用、迁移创新知识的能力	0.400
	课堂常规	表现出自律自治的自我管理能力	0.250

续表

课程目标	教学活动	预期成果产出	权重分配
价值目标	单元测验	表现出遵守考试纪律、诚实守信的行为规范	0.250
	知识问答	表现出乐学善学、勤于反思、勇于探索的学习态度	0.200
	个人作业	（1）表现出乐学善学、勤于反思的学习态度。 （2）表现出不畏困难、勇于探究的科学精神。 （3）表现出精益求精、追求卓越的价值观念	0.375
	课后反思	（1）表现出乐学善学、勤于反思、勇于探索的学习态度。 （2）表现出敢于质疑、勤于反思的科学精神	0.400
	课堂讨论	培养乐学善学、勤于反思、勇于探索的学习态度	0.200
	小组作业	（1）表现出团结奋进的集体荣誉感和责任心。 （2）表现出无私奉献、志愿服务的社会公德心	0.250
	即时课堂互动	表现出乐学善学、勤于反思、勇于探索的学习态度	0.200
	课堂常规	（1）表现出遵守规则、诚实守信的行为规范。 （2）表现出尊师重教、尊重他人的良好品德。 （3）表现出积极向上、认真负责的学习态度	0.750

您的意见和建议：